LAS GEMELAS DE SWEET VALLEY

BROMAS DE PRIMAVERA

Escrito por Jamie Suzanne

Personajes creados por
FRANCINE PASCAL

Traducción de
Conchita Peraire del Molino

EDITORIAL MOLINO
Barcelona

Título original: APRIL FOOL

Concebida por Francine Pascal
Cubierta de James Mathewuse
Diseño de Ramón Escolano

Calabria, 166 08015 Barcelona

Depósito Legal: B-18.583/93
ISBN: 84-272-3798-7

Impreso en España   Junio 1993   Printed in Spain

LIMPERGRAF, S.L. – Calle del Río, 17 nave 3 – Ripollet (Barcelona)

1

Elisabet Wakefield estaba cómodamente sentada en su «sitio para pensar», una rama baja del viejo pino del jardín posterior de su casa. Tenía las rodillas recogidas bajo su barbilla y la espalda apoyada contra el grueso tronco del árbol. Aquél era su lugar preferido al que iba siempre que quería estar sola y tenía que reflexionar sobre algo importante.

Tenía mucho en qué pensar. Al día siguiente, el señor Davis, el profesor de sexto había prometido anunciar el ganador del concurso de redacción de la clase. Elisabet había escrito sobre la conservación de las ballenas. Y estaba convencida de que su ensayo tenía muchas posibilidades de ganar el premio: una suscripción gratuita durante un año a la revista favorita del ganador.

Elisabet, abrazada a sus rodillas, con el

ceño fruncido, meditaba: ¿A qué revista se suscribiría, a *Amantes de los caballos* o a *Misterios de todo el mundo*? Le encantaban los caballos e iba a montar al Picadero Carson. Pero también le entusiasmaban los misterios, sobre todo las novelas de Agatha Christie, y era ya bastante experta en averiguar quién había cometido el crimen antes de que el detective lo resolviera. Decidió suscribirse pues a la segunda, en caso de ganar, y pedir la primera para su cumpleaños.

Pero había otra razón para que Elisabet aguardara con impaciencia el día de mañana y, al pensarlo, le brillaron los ojos. Era el primero de abril... el Día de las Bromas... el día en que ella y su hermana gemela, Jessica, hacían su broma anual. La habían repetido tantas veces que ya no engañaban a nadie, pero seguía siendo divertida.

Elisabet y Jessica eran gemelas idénticas. Ambas tenían el mismo cabello rubio veteado por el sol, ojos aguamarina y un hoyuelo profundo en la mejilla izquierda. Eran exactamente de la misma talla y estaban muy bronceadas de tanto corretear bajo el sol de California.

Pero ahí acababa su parecido. A pesar de ser tan iguales, sus personalidades e intereses eran mundos aparte. Elisabet era cuatro minutos mayor que Jessica, pero a veces parecían cuatro años. Elisabet era la seria. Le gustaba leer y dedicaba mucho tiempo a escribir para el periódico de la clase, el *Sexto Grado de Sweet Valley.* También le gustaba pasar ratos sola en su lugar favorito, donde estaba ahora acurrucada. Cuando era más pequeña, Jessica lo compartía con ella, pero ahora ésta se consideraba demasiado madura y ocupada para perder el tiempo en aquel lugar.

Jessica prefería pasarlo con las Unicornio, un grupo exclusivo de las niñas más populares y esnobs de la Escuela Media de Sweet Valley, que pasaban la mayor parte del tiempo hablando de maquillaje, trapos y chicos. Cuando Jessica no estaba con ellas era porque sostenía una de sus conversaciones telefónicas maratonianas con alguna amiga.

Las gemelas habían dejado de vestir de la misma forma recientemente. Jessica prefería las faldas cortas y los cuerpos de colores vivos; en especial le gustaba el púrpura, símbolo de la lealtad y color oficial del Club de las Unicornio. El estilo de Elisabet, en cambio, era más tradicional.

Y mientras Jessica añadía maquillaje sobre su cutis aterciopelado, a Elisabet le gustaba ir con la cara lavada y natural. Solía recogerse el cabello en cola de caballo o echarlo hacia atrás, sujetándolo con pasadores a cada lado. Jessica lo llevaba suelto en ondas suaves que rozaban sus hombros.

El Día de las Bromas, el primer día del mes de abril[1], las dos niñas intercambiaban su identidad y siempre era un gran cambio... especialmente para Elisabet que acusaba más la diferencia que había entre ellas. Esperaba ese día con impaciencia porque Jessica le dijo que tenía una idea mucho mejor para este año: «Una idea extraordinaria y sensacional». Elisabet era algo escéptica, puesto que sabía que las ideas de Jessica, por lo general, traían consigo problemas. En realidad, Elisabet era quien siempre tenía que sacarla de los apuros en que se metía. Pero, aún así, es-

1. En muchos países, el 1 de abril es el Día de las Bromas, equivalente a nuestro Día de los Inocentes del 28 de diciembre.

taba impaciente por que Jessica llegara a casa y le contase qué se le había ocurrido.

Cuando Elisabet vio a Jessica que se acercaba por el césped con una gran sonrisa, se apartó un poco para dejarle sitio.

–¡Hola, Jess! –gritó–. Me preguntaba cuándo ibas a llegar a casa. Estaba pensando en mañana.

–Yo también –dijo Jessica sin aliento mientras pasaba una pierna por encima de la rama para sentarse a horcajadas–. ¡He estado pensando en eso todo el día! ¡Mi nueva idea es *tan* sensacional que nadie podrá descubrirla!

Elisabet se rió.

–Tiene que ser muy buena, Jess. Ya hemos hecho algo en los anteriores primeros de abril, que a todo el mundo les ha parecido sensacional, pero siempre esperan que nos cambiemos.

–Ese es el problema, Lisa –dijo Jessica–. Todos nuestros amigos piensan que nos cambiaremos.

–¿Y qué importa? –Elisabet se apoyó contra el tronco del pino–. Sigue siendo una buena broma, ¿no?

–Sí, pero yo tengo otra mejor –exclamó Jessica con las mejillas sonrosadas de excitación–. ¡Este año no cambiaremos de identidad, sino que sólo lo fingiremos!

–¿Qué? –Elisabet miró a su hermana con extrañeza–. Jess, ¿estás loca? ¿Qué significa eso de que *lo fingiremos*?

–En realidad es muy sencillo –dijo Jessica–. No nos cambiaremos, pero acentuaremos nuestras diferencias. Yo me pondré mi conjunto más extremado, incluso me maquillaré más que de costumbre, y me pondré gran cantidad de mi colonia preferida. Todo el mundo pensará que soy tú, que quieres hacerte pasar por mí. Y tú puedes ponerte tu ropa más conservadora y tu pelo bien recogido y todo el mundo pensará que soy yo haciéndome pasar por ti. ¿Lo entiendes? No es el cambio que todos esperan. Es *no cambiar*.

Elisabet arrugó la frente.

–Me parece que ya lo entiendo –dijo poco convencida–. ¿Pero no se confundirá todo el mundo... incluyendo *nosotras mismas*?

–¡Pero lo que queremos es confundir a todo el mundo! –exclamó Jessica contenta–. Pensarán que yo soy Elisabet y que tú eres Jess. Por mucho que les digamos que se equivocan, ¡apuesto a que no nos creerán! Y en la fiesta de mañana, al terminar las clases, les diremos a todos lo que hemos hecho. ¡Será *fantástico*! ¡La mejor broma del primero de abril de todos los años! Incluso engañaremos a nuestros profesores y mejores amigos, y puede que también a papá, mamá y a Steven.

Elisabet trató de imaginar cómo reaccionaría la gente ante lo que Jessica le estaba proponiendo.

–¿Sabes, Jess? –dijo despacio–. Creo que tienes razón. Todo el mundo espera que nos cambiemos, y, al no hacerlo, les engañaremos a todos.

Jessica se bajó de la rama.

–¿Quieres decir que lo harás? ¡Es magnífico! –Abrazó a Elisabet y se echó a reír–. ¡Oh, Lisa! Estoy deseando que llegue mañana por la noche. ¡Imagínate la cara que pondrán todos cuando se den cuenta de cómo les hemos engañado!

Elisabet también se rió.

–Tengo que dejarlo en tus manos, Jess –dijo con admiración–. Es lo bastante absurdo para que funcione. –Hizo una pausa–. ¿Qué piensas ponerte?

Jessica pensó unos instantes.

–Quizá mi falda corta tejana con corazones en el bolsillo. Un cuerpo azul... no, creo que es mejor que me ponga mi camiseta rosa fuerte, ¿no te parece? Mis zapatillas rosa con un par de calcetines rosa y amarillo. Y mucha bisutería.

Elisabet se rió al imaginar lo llamativa que iba a estar su hermana con aquel conjunto tan colorista. A Jessica le gustaba por encima de todo llamar la atención.

–Me parece *muy de Jessica,* desde luego –dijo.

Jessica se rió de nuevo.

–Es tan de Jessica que todos quedarán convencidos de que es Elisabet que quiere *hacerse pasar* por Jessica.

Elisabet se llevó la mano a la frente.

–Oh, para –le suplicó con un gemido exagerado–, ¡la cabeza me da vueltas! ¡Al minuto no sabré quién es quién! Veré doble.

Jessica saltaba de alegría.

–¡Exacto! –exclamó triunfante–. ¡Esa es la idea! ¡Que todo el mundo esté tan confundido que crea que ve doble!

Elisabet asintió.

–Yo me pondré mi blusa roja y blanca –dijo–. Y mi...

–Oh, Lisa –la interrumpió Jessica–. Tengo que decirle una cosa a mamá antes de que se me olvide. Volveré en seguida y acabaremos de pensar lo que nos vamos a poner.

Y su hermana echó a correr por el césped. Elisabet se acomodó de nuevo en la rama del árbol. Sería divertido *no* ser Jessica por una vez, especialmente cuando todo el mundo estaría dispuesto a pensar lo contrario. Su hermana gemela había dado con un plan seguro. ¡Su familia y sus amigos no olvidarían nunca la broma de aquel año!

2

–¡Eh! –llamaron con fuerza a la puerta del cuarto de baño–. ¡Quienquiera que esté ahí dentro que se dé prisa! ¡Tengo que lavarme los dientes y voy a llegar tarde!

Elisabet sonrió a su imagen en el espejo mientras se echaba hacia atrás sus cabellos rubios y los sujetaba con pasadores. Su hermano mayor Steven tendría que esperar. Iba a ser la primera víctima de su maravillosa broma. Elisabet se había puesto su blusa de popelín con su broche preferido en forma de caballo, unos tejanos bien planchados y mocasines.

Un ejemplar de una novela de misterio de Agatha Christie asomaba por su bolsillo posterior.

–Steven, soy yo –gritó con su voz más melosa–, Elisabet. Me he dado toda la prisa posible. –Abrió la puerta–. Feliz primero de abril –le dijo con su tono más personal–. El cuarto de baño es todo tuyo.

Con el puño levantado dispuesto a llamar otra vez, Steven la miró con recelo. Luego sonrió.

–¿Querrás decir feliz Día de las Bromas, ¿no es así, *Jess*?

Elisabet meneó la cabeza mientras se reía por dentro. ¡Primer éxito! ¡Había engañado a Steven!

–Pero no soy Jess –dijo contenta–, soy Elisabet.

–Y yo soy un selenita.

–¡Pero es absolutamente cierto! –exclamó Elisabet con vehemencia–. ¡Te lo juro, y si no que me muera!

–¿Morir? –De repente Steven hizo una mueca y se llevó la mano al corazón–. ¿Morir? –gimió mientras se apoyaba contra la pared para no caerse.

–¿Qué te pasa, Steven? –preguntó Elisabet insegura. Su hermano era tan payaso que era difícil saber cuándo fingía o hablaba en serio.

Steven se doblaba.

–¡Oh, por favor, Jess, llama a una ambulancia! –gemía–. ¡Creo que me ha dado un ataque al *corazón*!

Elisabet miraba a su hermano.

–¿Estás bromeando, verdad Steven? –le preguntó preocupada.

–No es broma, de verdad, Jess –gimió Steven–. ¡Es el corazón... me duele! –Sus labios se contrajeron mientras se deslizaba por la pared hasta el suelo–. ¡Deprisa! ¡El teléfono! ¡Llama a urgencias!

Fuese broma o no, Elisabet no quería correr el riesgo de que le ocurriera algo a su hermano. Bajó la escalera corriendo.

–¡Mamá! –gritó–. ¡Papá! ¡Steven está enfermo!

–¡Inocente! –exclamó Steven que se puso en pie de un salto sonriente–. ¡Vaya, como te he engañado, Jess!

Muy digna, Elisabet dio media vuelta con la barbilla levantada.

–Yo no soy *Jess* –declaró.

La puerta del cuarto de baño se cerró de golpe y Steven se volvió en redondo.

–¡Oye! ¡Yo soy el siguiente! –protestó.

–¡Pero yo estaba más cerca! –la risa burlona de Jessica llegó desde el otro lado de la puerta.

–Traidora –murmuró Steven–. ¡Elisabet, si no te das prisa voy a entrar para sacarte *a rastras*!

Cuando al fin Jessica salió del cuarto de baño, Elisabet no pudo contener la risa. Su gemela llevaba el conjunto que había planeado... minifalda tejana, camiseta rosa fuerte, zapatillas color rosa y calcetines rosa y amarillo. Llevaba los labios y las mejillas más sonrosadas que de costumbre y sus ojos aguamarina tenía un brillo travieso.

Steven pasó por su lado para entrar en el cuarto de baño. De pronto se llevó las manos a la garganta como si se ahogara.

–¿No crees que te has pasado con el perfume de Jessica, *Elisabet*? –Y tosió.

Elisabet olfateó. Jessica se había puesto mucho perfume Rosa Salvaje, su preferido. Era el perfecto toque final.

–Jess –le susurró mientras bajaban juntas las escaleras–. ¡Estás *fantástica*!

Jessica se apartó sus dorados cabellos de la cara.

–Tú también –le dijo con admiración–. Ese broche en forma de caballo es perfecto. Vaya, hemos engañado a Steven... veamos ahora qué pasa con papá y mamá.

Con una carcajada, Elisabet entró en la cocina donde su madre estaba sacando de la nevera un plato con tajadas de melón.

–Buenos días, niñas –dijo la señora Wakefield alegremente.

Jessica lanzó una exclamación.

–¡Mamá! ¡Tu pelo! ¡Es... es rojo!

La señora Wakefield sonrió a Jessica mientras atusaba sus cabellos rojo brillante.

–¿Te gusta, Elisabet? Anoche me lo teñí. ¿No te parece precioso?

A Elisabet no le parecía bonito en absoluto, pero no quiso herir sus sentimientos. A ella le gustaba su color rubio tan parecido al suyo.

Pero Jessica no pensaba en el color del cabello de su madre.

–Aguarda un momento –objetó, procurando no sonreír–. Nos has confundido. Esa es Elisabet, yo soy Jessica.

–Dice la verdad, mamá –añadió Elisabet mientras se sentaba a la mesa.

–Claro que dice la verdad –dijo la señora Wakefield en tono conciliador. Se secó las manos en el delantal antes de volverse a Jessica–. ¿Te importaría poner la mesa para el desayuno, querida?

–Pero le toca a ella –dijo Jessica con un mohín exagerado mientras señalaba a su gemela–. ¡Anoche puse yo la mesa!

Elisabet se levantó en seguida y le guiñó el ojo a su hermana.

–Yo lo haré con mucho gusto, mamá.

–¡Lo ves! –exclamó la señora Wakefield triunfante–. ¡Habéis cambiado de personalidad! Jessica, tú haces el papel de Elisabet, siempre tan servicial. Y Elisabet, tú finges que esquivas tus obligaciones, como hace siempre Jessica. ¡Niñas, no podéis engañarme aunque sea el Día de las Bromas! Os conozco demasiado bien para confundirme.

Elisabet y Jessica intercambiaron una sonrisa traviesa. El truco estaba funcionando tal como lo habían planeado.

En aquel momento entró el señor Wakefield con americana y corbata. Tras dejar su cartera encima de la mesa se acercó a la ventana.

–Buenos días a todos –dijo contento mientras contemplaba el dorado sol californiano–. ¿Verdad que es un hermoso día de primavera?

–¡Papá! –exclamó Elisabet que lo cogió por los hombros para darle la vuelta–. ¡Tu corbata! ¡La llevas al revés!

El señor Wakefield se miró la pechera.

–¡Vaya, tienes razón! Llevo la corbata

al revés. –Sus ojos castaños tenían un brillo picaresco mientras besaba a su esposa sin darse cuenta del color rojo de sus cabellos.

–¡Papá, estás loco! –exclamó Jessica.

–¡Hoy es el día de las Bromas! –exclamó su padre.

Las gemelas se rieron.

–¿No has pasado por alto una cosa, Ned? –preguntó la señora Wakefield–. ¿Algo nuevo y diferente? –Se acercó a él, ahuecando sus cabellos con coquetería–. ¿Algo excitante?

–¿Que yo he pasado algo por alto? –dijo el señor Wakefield mirando a Elisabet y Jessica–. Caramba, sí –dijo sin reparar en el nuevo color de pelo de su esposa–. Creo que sí he pasado algo por alto después de todo. Creo que las gemelas han vuelto a cambiarse también. Así que buenos días, Jessica. –Se volvió a Jessica con una reverencia exagerada–. ¿Cómo estás esta mañana, Elisabet?

Elisabet y Jessica se rieron.

–¡*No* estamos cambiadas! –anunciaron a la vez–. *¡Somos nosotras mismas!*

–Yo soy Elisabet –dijo Elisabet–. Como siempre.

–¡Y yo soy Jessica! –exclamó Jessica–. Exactamente la misma de siempre.

–Y yo llevo peluca –dijo su madre, quitándose la peluca pelirroja y sacudiendo su preciosa melena rubia–. ¡No he cambiado el color de mi pelo! Yo también lo llevo igual que siempre. ¡Os he engañado a todos!

Mientras Jessica reía y su padre también, Elisabet no pudo contener una serie de carcajadas.

Había transcurrido sólo una hora del Día de las Bromas y ya la habían engañado tres veces; primero el fingido ataque al corazón de Steven, otra, la peluca pelirroja de su madre y, la última, la corbata que su padre llevaba al revés.

Pero la mejor broma de todas la había recibido su familia porque no habían descubierto que las gemelas fingían haber cambiado de personalidad.

–¿No es fantástico? –preguntó Jessica feliz cuando las niñas recogían sus libros después del desayuno y salían a la calle–. Les hemos engañado a todos. Imaginaban que nos íbamos a cambiar y por eso creyeron que lo habíamos hecho. ¡Nuestro plan funciona a la perfección!

Elisabet asintió. Estaba de acuerdo.

–¡Sólo espero que nuestra broma funcione tan bien en el colegio como ha funcionado en casa!

3

Mientras las gemelas se dirigían a su clase, el Día de las Bromas estaba en pleno auge. Jim Sturbridge con una nariz de plástico y bigote a lo Groucho Marx saludaba a todo el mundo en la puerta. A su lado, Ricky Capaldo les estrechaba la mano.

–¡Oh, ecs! –gritó Elisabet al retirar su mano de la de Ricky con una mueca–. ¡Mis dedos están pegajosos! –A su lado Jessica puso las dos manos detrás de su espalda.

Mirando a Elisabet, Ricky se rió.

–¡Felices bromas de abril, *Jessica*!

–Pero si soy Elisabet –dijo ella mientras se secaba las manos con un pañuelo de papel–. ¿No ves lo que llevo puesto?

–Claro que lo vemos –dijo Jerry McAllister que se acercó a las gemelas con una cámara de fotos–. Pero hoy es el famoso día del cambio de gemelas, ¿no? –Sonrió a

Jessica con su cámara–. ¿Quieres que te haga una foto, Elisabet?

–Claro –contestó Jessica contenta–, excepto que yo soy Jessica, no Elisabet –y miró a la cámara con una sonrisa provocativa.

Al apretar el disparador, un chorro de agua mojó la mejilla de Jessica.

–¡Caíste! –gritó Jerry–. ¡Es el Día de las Bromas!

–Esto no ha sido muy divertido, Jerry –se lamentó Jessica.

–Oh, vamos Jess. No hay que enfadarse así –dijo Elisabet, riendo al entregarle un pañuelo de papel para que se secara.

En aquel momento alguien le dio unos golpecitos en el hombro. Al volverse vio a Lila Fowler, una de las mejores amigas de Jessica, que la miraba ceñuda.

–Hoy no llevas nada color púrpura –le gritó–. ¿Es que no te sientes orgullosa de ser una Unicornio?

Elisabet se encogió de hombros.

–No llevo nada de color violeta porque *no* soy una Unicornio. –Elisabet consideraba a las Unicornio unas esnobs, pero no lo dijo en voz alta–. Yo soy Elisabet, no Jessica.

Pero Lila no le prestaba atención. Se inclinó hacia adelante y sus espesos cabellos castaños le cayeron sobre los hombros.

–Jessica –dijo como si la reprendiera–, algunas niñas se quejan de que últimamente has descuidado a las Unicornio. Consideran que no has cumplido tu parte en algunos de nuestros proyectos.

Elisabet enarcó las cejas sorprendida.

Lila continuó sin darle oportunidad de contestar.

–De todas formas no olvides el proyecto del Club de las Unicornio para esta tarde –le ordenó–. Te hemos reservado un trabajo especial. Nos encontraremos después del colegio en la entrada. No te retrases.

–¿Un trabajo especial? –preguntó Elisabet–. ¿Esta tarde? –meneó la cabeza–. Lo siento, pero tendrás que decírselo a *Jessica. Yo* tengo que ayudar a decorar el gimnasio para la fiesta de esta noche.

–Ja-ja –dijo Lila–. No intentes engañarme con esa broma tan gastada, Jessica Wakefield. Todos sabemos que *Elisabet* es la encargada de la decoración. –Lila levantó su nariz en el aire y se marchó.

–Chiss –siseó alguien–. ¡Viene el señor Davis!

Todos ocuparon sus sitios cuando entró en el aula.

–Buenos días –les dijo contento el profesor al dirigirse a su mesa muy sonriente.

–Buenos días, señor Davis –contestó toda la clase a coro.

El señor Davis se inclinó para mirar algo que estaba en una esquina de su mesa.

–¿Qué es esto? –dijo cogiéndolo–. ¿Una manzana para el profesor? ¡Qué detalle!

El señor Davis dio la vuelta a la manzana en su mano. Tenía una nota pegada.

–A nuestro profesor –leyó en voz alta–, con cariño de Winston Egbert.

–Pero yo no... –exclamó Winston sorprendido, y las puntas de sus orejas enrojecieron.

Elisabet estaba segura de que Winston no había dejado la manzana en la mesa del profesor. Era demasiado tímido para llamar la atención sobre su persona.

El señor Davis sonreía.

–Gracias, Winston –dijo con calor–. Es agradable saber que alguien te aprecia... –Pero entonces se interrumpió mirando la manzana que se había partido en sus manos y de cuyo centro salía un enorme gusano amarillo de plástico.

Las risas llenaron el aula y una de las niñas de primera fila exclamó:

–¡Qué asco!

Y desde un rincón del fondo, Jerry McAllister gritó:

–¡El Día de las Bromas!

Todos participaron en el alboroto. ¡Habían engañado al señor Davis! Incluso Elisabet y Jessica.

–Día de las Bromas, ¿eh? –dijo el señor Davis que les miraba con severidad–. De acuerdo, entonces vamos a ver quién ríe el último. –Sacó un montón de papeles del cajón de su escritorio y empezó a repartir hojas–. Lápices. Vamos a hacer un examen sorpresa.

Hubo un gemido general. Todos odiaban los exámenes sorpresa del señor Davis.

–Muy bien. –El señor Davis les miró con el ceño fruncido–. Aquí está la primera pregunta: «¿Hasta dónde puede entrar un oso en el bosque?»

La clase entera miró al señor Davis con la boca abierta.

–No me miréis con cara de tontos, ni os riáis. Limitaos a contestar la pregunta –dijo el señor Davis con severidad.

Elisabet mordisqueaba su lápiz, pensando. A ella le encantaban los acertijos. Pero éste era difícil... y astuto. Pensando con detenimiento se podía ver donde estaba el truco. Un oso no puede *entrar en* un bosque más que hasta la mitad, ¿no? A partir de ahí lo que hará será *salir* de él. Le parecía una solución tonta, pero decidió escribirla de todas maneras. Ante su sorpresa el lápiz se deslizaba por la superficie del papel ¡sin dejar una sola marca!

Detrás de ella, Jim Sturbridge exclamó:

–¡Hey! ¡Mi lápiz no escribe!

–¡Vaya, si esto no es papel ni es nada! –gritó Nora Mercandy levantando su hoja hacia la luz–. *¡Es plástico!*

–¡Día de las Bromas! –anunció el señor Davis con brillo en los ojos.

Cuando las risas cesaron, el profesor continuó:

–Pasemos a otra cosa igualmente importante. Hoy conoceremos quién es el ganador del concurso de redacción. ¿Estáis listos?

–Listos –contestó la clase al unísono. Elisabet contuvo la respiración. Todo el mundo decía siempre que ella era la que mejor escribía de la clase y había dedicado muchas horas a aquel ensayo.

El señor Davis con gran parsimonia abrió el cajón de su mesa y, tras sacar de él un sobre, procedió a abrirlo.

–La ganadora es... ¡Elisabet Wakefield, que escribió un ensayo sobre la conservación de las ballenas! –anunció con voz profunda y campanuda.

Elisabet dejó escapar el aire con satisfacción. Luego echó hacia atrás su silla para levantarse.

Pero al hacerlo vio con sobresalto que el señor Davis miraba hacia el otro lado del aula ¡donde estaba sentada su hermana *Jessica*!

–Vamos, *Elisabet* –dijo, haciéndole señas para que se acercara–. Ven a recoger tu premio... un año de suscripción a tu revista preferida.

Mientras miraba a Elisabet, Jessica empezó a protestar.

–Pero yo no...

El señor Davis meneaba la cabeza, esbozando una sonrisa.

–Todos sabemos que cada año, el Día de las Bromas, vosotras dos os cambiáis. Es posible que engañéis a otras personas, pero a mí no. *Tú eres* Elisabet y tu gemela que está allí... –señaló con el pulgar en dirección a Elisabet... –es en realidad Jessica. De modo que ven a recoger tu premio, *Elisabet*.

Jessica se rió.

–Bueno, está bien, señor Davis.

Con un gran suspiro y una mirada a su hermana gemela de «¿Qué-otra-cosa-puedo-hacer?», Jessica se levantó de su asiento y fue hasta la mesa del profesor. Elisabet observó impotente y llena de frustración como Jessica aceptaba el premio que *ella* había ganado por escribir la mejor redacción.

Pero lo peor estaba por llegar. Después de estrechar la mano de Jessica y felicitarla, el señor Davis desdobló una hoja de papel mientras cogía su pluma.

–Y ahora –dijo expectante–, ¿a qué revista quieres suscribirte, Elisabet?

Elisabet esperaba conteniendo la respiración. Anoche le había dicho a Jessica lo mucho que le había costado decidirse entre la revista *Misterios de todo el mundo* y *Amantes de los caballos*. Esperaba que su hermana recordase que se había decidido por la de misterios.

Jessica reflexionó unos instantes mientras miraba el formulario que el señor Davis tenía sobre su escritorio. Luego levantó la vista y dijo:

–¡Me gustaría suscribirme a *Rock Juvenil*!

¡Rock Juvenil! Elisabet miraba fijamente a Jessica. ¿Cómo se atrevía? Pero entonces, cuando toda la clase empezó a reír, Elisabet comprendió lo ocurrido. Jessica seguía con su broma... era Jessica haciendo de Jessica. Y como resultado, todos quedaron convencidos de que en realidad era *Elisabet* haciendo de Jessica. Meneó la cabeza. Quizá mañana pudiera contárselo todo al señor Davis y convencerlo para que cambiase la suscripción.

Tras dirigir una mirada extrañada a Jessica, el profesor se rascó la cabeza.

–Bien, Elisabet, tengo que decir que creo que estás llevando demasiado lejos tu broma. Pero si esa es la revista que quieres, entonces esa es la que tendrás. –Terminó de escribir, dobló el impreso y, tras introducirlo en el sobre, lo cerró–. Voy a enviarlo hoy mismo para que recibas el primer ejemplar lo antes posible.

¡Hoy! Elisabet sintió que le invadía una oleada de pesimismo. ¡Aquello significaba que no podría cambiar la suscripción! ¡Tendría un año entero de *Rock Juvenil*, la revista favorita de Jessica! Se mordió el labio mientras se escurría en su asiento. Quizás este Día de las Bromas no iba a resultar tan «inocente» después de todo.

4

–Hola, Jessica –gritó Pamela Jacobson después de que sonara la campana anunciando el final de la clase–. Tengo que decirte que vuestra broma es sensacional. ¡Estás *exactamente* igual que Elisabet! Y lo que es más, actúas también como ella. Tendrías que ser actriz. –Riendo señaló la novela de misterio de Agatha Christie que asomaba por el bolsillo de Elisabet–. ¡Todo el mundo sabe lo mucho que le gustan los misterios a Elisabet! Ese libro de Agatha Christie es todo un detalle.

Elisabet rió divertida.

–Pero te confundes, Pamela –dijo–. Yo *soy* Elisabet. De veras.

–Pero eso no es posible. Si eres Elisabet, ¿cómo *no fuiste* a recoger tu premio? –Pamela se apartó sus cabellos castaños de los ojos y lenvantó la barbilla–. No, tú no vas a convencerme, Jessica. Ese premio era muy importante para Elisabet y me alegro de que lo consiguiera. ¡Os felicito por vuestra magnífica broma!

Con una carcajada, Elisabet recogió sus libros para marcharse. No podía enfadarse con Jessica. Al fin y al cabo, la suscripción a la revista no era tan importante como saber que su trabajo había sido el mejor. Y Jessica tuvo razón acerca de su broma de aquel año. A su familia, sus amigos, e incluso a sus profesores... engañaron *completamente* a todos al no cambiar. ¡Qué gran día!

Cuando iba a salir del aula, el señor Davis la llamó.

–Jessica, necesito hablar contigo. Por favor, acércate. –Su voz tenía un tono frío.

Elisabet se volvió hacia él con extrañeza.

–Señor Davis. Yo soy Elisabet y no Jessica –le dijo con vehemencia–. Si es importante debería usted hablar con ella.

–Escucha, Jessica –replicó el señor Davis tajante–. Sé muy bien quién eres, y quiero hablar *contigo*, no con tu hermana.

Elisabet exhaló un suspiro y se acercó a la mesa del profesor que sacó algo del fondo del último cajón con cara seria y el entrecejo fruncido.

–Siéntate, Jessica. Tenemos que hablar.

Elisabet se sentó en un asiento de primera fila con una creciente sensación de inquietud. El señor Davis blandió un papel color lila con una rosa en una esquina. Elisabet reconoció inmediatamente el papel de cartas que Jessica había recibido como regalo de cumpleaños. Incluso desde su asiento podía percibir el ligero perfume de lilas del papel.

El profesor la observaba.

–Ah –dijo con satisfacción–. Veo que reconoces este papel. ¿No es cierto?

–Sí –admitió Elisabet que se mordió el labio–. Es el papel de Jessica.

El ceño del señor Davis se acentuó.

–Quieres decir que es *tu* papel, ¿no? Y estoy seguro de que también reconocerás como tuya la escritura. Nadie más en la clase, en vez de puntos sobre las íes, pone círculos como tú, Jessica.

Elisabet volvió a suspirar y sus hombros se abatieron. Si el señor Davis insistía en seguir creyendo que el papel era suyo, poca cosa podía hacer ella.

–Bien, entonces, puesto que admites que la letra es tuya quizá quieras oír lo que escribiste –continuó el señor Davis que miró el papel lila y se puso a leer en voz alta–: Querida Lila, ¿verdad que esa camisa verde que lleva el señor Davis es sencillamente *horrorosa*? ¿Y puedes creer que la lleva con una corbata violeta? ¡Ese hombre *no* tiene gusto!

El señor Davis dejó la nota para mirar a Elisabet.

–¿Qué tienes que decir a esto, Jessica? Qué piensas de lo que escribiste?

Elisabet tragó saliva. Sabía que Jessica le gustaba a veces reírse de los profesores, pero esto era demasiado. Iba a abrir la boca para protestar y decir que *ella* no lo había escrito, pero volvió a cerrarla. Si ahora confesaba la verdad estropearía su mejor broma de todos los años. Se sentía como si fuese a traicionar a Jessica. De todas maneras el señor Davis no la creería. Parecía absolutamente convencido de que ella era Jessica haciéndose pasar por Elisabet. No, no podía hacer otra cosa que dar al señor Davis lo que deseaba oír: una disculpa.

El profesor seguía esperando impaciente tamborileando con sus dedos encima del escritorio.

–¿Y bien? –preguntó ceñudo–. ¿No tienes *nada* qué decir?

Elisabet tragó con fuerza.

–Lo siento mucho, señor Davis –dijo con sinceridad–. Jamás volveré a hacer una cosa así. Jamás, jamás –añadió como medida de precaución.

El ceño del señor Davis se acentuó.

–Pero eso es exactamente lo que dijiste la semana pasada cuando intercepté la nota que escribiste a Ellen Riteman comentando el peso de Lois Waller –dijo sin dejar de mover los dedos–. ¿Recuerdas nuestra discusión en aquella ocasión?

Elisabet se mordió el labio. Naturalmente que no la recordaba, pero eso no podía decírselo al profesor.

El señor Davis se inclinó sobre su mesa con los brazos cruzados.

–Me temo que esta vez no baste con una simple disculpa, Jessica –dijo el profesor con un suspiro.

Elisabet se quedó sin aliento.

–¿No? –preguntó con recelo. ¿Qué se le habría ocurrido al señor Davis?

El profesor meneó la cabeza.

–No, no basta. Antes de que dejes mi clase de sexto grado al final de este año, *debes* aprender la importancia de respetar los sentimientos de los demás. Por consiguiente, voy a pedirte que escribas una redacción sobre este tema. Y para asegurarme de que lo haces como es debido... y que eres *tú* quien lo escribe sin la ayuda de tu hermana... quiero que vengas a esta aula hoy en cuanto terminen las clases. Y trae mucho papel y lápices.

–¿Después de las clases? –exclamó Elisabet contrariada–. ¡Pero si no puedo! ¡Tengo que ayudar a decorar el gimnasio para la fiesta de esta noche!

El señor Davis meneó la cabeza con tristeza.

–Jessica, ojalá dejaras ya esa tontería del Día de las Bromas. Casualmente he sabido que Elisabet ha de colaborar en la decoración, no tú. Ahora, no lo olvides. Ven aquí en cuanto suene el último timbre. Cuanto antes empieces a escribir tu ensayo antes lo acabarás. Luego podrás dar de comer a los gerbos.

–Sí, señor –Elisabet suspiró. De no haber estado tan contrariada se hubiese reído ante las últimas palabras del señor

Davis. Jessica aborrecía a aquellos animalitos. Les consideraba sucios, ruidosos y jamás vio nada divertido en sus payasadas. Era el peor castigo que se le pudo ocurrir al señor Davis... peor que escribir una redacción. Si ella fuese Jessica de verdad, estaría horrorizada sólo de pensarlo.

Elisabet cogió sus libros y se dirigió hacia la puerta. Ahora estaba en un buen aprieto. Esta tarde tenía que hacer dos cosas: el castigo del señor Davis y decorar el gimnasio. ¿Cómo se las arreglaría? ¿Y cómo esquivaría a las Unicornio? Si Lila Fowler se salía con la suya, Elisabet tendría que hacer el trabajo especial que le reservaban a Jessica. ¡Vaya lío!

Mientras Elisabet salía al pasillo, lo grotesco de la situación la hizo reír. Era cierto que las cosas se habían complicado y que aquel día tenía un montón de obligaciones. Pero todo era debido al éxito de su broma de aquel año. Por mucho que dijera la verdad, todos insistían en que ella era Jessica *haciéndose pasar* por Elisabet. ¡Estaba impaciente por decírselo a Jessica cuando la viera en clase de cocina!

De repente, Elisabet se dio cuenta de que el pasillo estaba desierto. Miró el reloj que había encima de los armarios. ¡Pasaban cinco minutos de la hora! Iba a llegar cinco minutos tarde a la clase de cocina, y la señorita Gerhart era muy exigente respecto a la puntualidad. Debería haberle pedido un pase al señor Davis para disculpar el retraso. Sin él, seguro que tendría problemas.

Elisabet apresuró el paso, a pesar de recordar la norma del colegio de no correr por los pasillos. Pero al fin y al cabo iba a llegar muy tarde y allí no había nadie con quien tropezar.

Elisabet corrió aún más. Iba muy deprisa al doblar la esquina del pasillo y se dio de bruces con el señor Edwards, ¡el subdirector!

5

–¡Elisabet Wakefield! –dijo el señor Edwards con severidad–. ¡Me *sorprende* verte precisamente a ti, corriendo por el pasillo! Ya conoces las reglas, ¿no? Y, de todas maneras, ¿qué haces aquí? ¡Se supone que debes estar en clase!

Elisabet se quedó sin habla. Todo lo que pudo hacer fue disimular que estaba sin aliento.

Entonces una mirada extraña cruzó por el rostro del señor Edwards que sonrió con malicia.

–Ah, sí –dijo, dando un paso atrás para mirar a Elisabet de pies a cabeza–. Hoy es el Día de las Bromas, ¿no? Tú no eres Elisabet Wakefield. Eres *Jessica* Wakefield.

Elisabet meneó la cabeza.

–No, señor –dijo–. Yo...

Pero el señor Edwards no le dio tiempo a terminar.

–Bien, entonces, puesto que eres Jessica, este asunto hay que tratarlo con mayor seriedad. –La miró desde su altura–. ¿No hablamos precisamente la semana pasada de lo importante que era andar despacio por el pasillo en vez de patinar o correr?

Elisabet se aclaró la garganta.

–Pero yo... –comenzó.

–Bien, entonces creo que este asunto requiere un castigo más severo –continuó el señor Edwards–. En mi despacho hay mucho que archivar. Espero que hoy, cuando acabes las clases, vayas a ayudar a mi secretaria, la señora Peters, durante una hora por lo menos.

Elisabet se quedó boquiabierta.

–¿Hoy? –exclamó–. Pero no creo que pueda...

El señor Edwards la miró por encima de la nariz.

–¿Tienes un pase para llegar con retraso?

Elisabet negó con la cabeza.

–Bien, entonces... –el señor Edwards suspiró–. Supongo que será mejor que te dé uno. –Sacó un talonario de pases color rosa y escribió en el de encima. Luego lo arrancó con un floreo–. Aquí tienes, Jessica –le dijo–. Y nada de correr. ¿Entendido?

Elisabet asintió.

–Muy bien.

El subdirector dio media vuelta y siguió por el pasillo, y sus tacones resonaron acompasadamente sobre las pulidas baldosas.

Elisabet miró el pase que tenía en la mano sin saber si reír o llorar. Deseaba tener un pase que disculpara su retraso y ahora ya lo tenía... aunque fuera a nombre de su hermana. ¡Pero ella tenía otro castigo! ¡Qué mañana más loca estaba resultando!

La clase de cocina de la señora Gerhart se daba en una habitación equipada con seis cocinas pequeñas, cada una con su fogón, fregadera, armario y encimera. Jessica ya estaba en su cocina poniéndose un delantal rojo y blanco, cuando entró su hermana.

–¿Dónde te habías metido? –le susurró nerviosa mientras Elisabet dejaba los libros sobre la encimera–. La señora Gerhart ya ha pasado lista. Ella cree que soy tú. ¡Y ha escrito *ausente* al lado de mi nombre!

–Bueno, entonces estás salvada –dijo Elisabet con una sonrisa irónica–. Yo tengo un pase para llegar tarde, de modo que tendrá que borrar el *ausente*. Pero también tengo dos castigos... ¡y uno de ellos es para ti!

Jessica miró a su gemela con los ojos muy abiertos.

–¡Dos castigos! –exclamó en voz alta. Luego echó un rápido vistazo a su alrededor para ver si Lila la había oído, y bajó la voz hasta convertirla en un susurro–. ¿Dos castigos? ¿Qué has hecho? ¿Y qué significa eso de que uno es mío?

Elisabet le explicó lo ocurrido con el señor Davis y con el señor Edwards.

–De modo que me han impuesto dos castigos –concluyó–. Y Lila cree que voy a ayudar a las Unicornio en uno de sus proyectos. –Meneó la cabeza–. ¿Cómo voy a ir al gimnasio y ayudar a decorarlo para la fiesta? ¡Vaya lío!

Jessica sonreía abiertamente.

–¡No, es *fantástico*! –exclamó–. ¡Hemos engañado a todo el mundo! ¿No ves que todo sale perfectamente?

Elisabet sacó su delantal azul de un cajón para ponérselo.

–Bueno, tú no eres la que tiene que cumplir dos castigos.

Jessica la miró con simpatía.

–Siento que lo pases mal, Elisabet. –Retorció un mechón de sus cabellos rubios con el ceño fruncido–. ¿Tú crees que debemos dar por terminada la broma y dejar que todos se enteren?

Elisabet miró a su gemela.

–Oye, Jessica –le advirtió en broma–. ¿No te estás saliendo de tu papel?

–No, Lisa, lo digo en serio. Parece que las cosas se complican para ti. Si quieres, yo iré a cumplir el castigo del señor Davis. –Hizo una mueca–. En realidad es *mío*. Al fin y al cabo fui yo quien escribió esa nota estúpida.

Elisabet estuvo tentada de momento. Si Jessica se ocupaba del castigo del señor Davis resolvería parte del problema. Pero al mismo tiempo acabaría con su engaño.

Cuadró los hombros.

–No –susurró con firmeza–. No importa. Sigamos como hasta ahora. Nuestra broma es la mejor que nadie ha hecho jamás.

Jessica le dirigió una sonrisa de agradecimiento.

–¿Estás segura, Lisa?

Elisabet asintió.

–¡De todas formas nadie va a creernos aunque digamos la verdad! –Miró a su hermana con fingida severidad–. Pero escucha, procura no tener problemas el resto del día, ¿quieres? ¡No creo que pueda *con otro* castigo!

Jessica sonrió.

–Te prometo ser buena. –Miró por encima de su hombro–. Ahí viene Nora con nuestros huevos. No podemos hablar más.

–¿Huevos? –preguntó Elisabet cuando Nora entregó cuatro huevos a cada una y luego fue a su cocina, junto a la de las gemelas–. ¿Qué hacemos hoy?

–Hoy, Jessica –dijo la señora Gerhart detrás de Elisabet–, vamos a hacer un *soufflé*. Si hubieses llegado a tiempo te habrías enterado de las instrucciones. Pero sin duda estabas en otra parte gastando otra broma.

–No –dijo Elisabet–. Estaba hablando con el señor Davis y...

La señora Gerhart sonrió a Elisabet.

–Si quieres que te diga la verdad, Jessica, si yo tuviera una hermana gemela, estoy segura de que también me cambiaría por ella el Día de las Bromas. De manera que no me importa que guises en la cocina de Elisabet ni que te pongas su delantal azul. Os seguiré el juego porque sé exactamente quienes sois en realidad.

–Pero nosotras no nos hemos cam... –comenzó a decir Elisabet, pero se mordió el labio. Por lo menos la señora Gerhart no estaba enfadada con ella. Asintió–. Sí, señora.

La profesora sonrió.

–Y ahora, ¿tienes tu pase?

–Aquí está. –Elisabet le entregó el pase que le diera el señor Edwards a nombre de Jessica.

La señora Gerhart cogió el pase, abrió su libreta de notas y puso unas letras junto al nombre de Jessica.

–La receta del soufflé está en la pizarra, Jessica –le dijo mientras cerraba la libreta–. Recuerda que el soufflé es muy delicado. Tienes que medir *exactamente* todos los ingredientes y prepararlo con un cuidado especial. Si lo tienes poco rato en el horno o abres la puerta para mirarlo es probable que se baje.

Elisabet asentía escuchando con atención. Hoy, menos que nunca, podía fallar. Por mucho que costase, tenía que conseguir que el soufflé le saliera bien.

Y fue difícil, sobre todo con Jessica al lado, que no cesaba de reír con Nora.

Jessica prestaba tan poca atención que dejó caer dos huevos al suelo. Luego su mano se deslizó y el queso que estaba rayando terminó en la fregadera.

–¡Qué fastidio! –suspiró–. *Elisabet,* no comprendo cómo puedes hacerlo con tanta pulcritud. –Se volvió a Nora–. Fíjate, Nora. Mira que limpia tiene la cocina *Elisabet.*

Cayendo en el engaño, Nora asintió.

–Tienes razón. Elisabet es la persona más pulcra que conozco.

–Y en casa es igual –continuó Jessica en voz alta–. Su habitación está limpia como una patena, todo bien organizado, hasta el último par de zapatos. –Jessica estaba haciendo su papel a la perfección.

Elisabet, entretanto, hacía todo lo posible para no permitir que las payasadas de Jessica le distrajeran. Siguiendo la receta de la pizarra, midió la harina y la leche y rayó el queso con cuidado en una sartén pequeña y revolvió la mezcla mientras se cocía para asegurarse de que no se quemaba. Resultó bien dorada y cremosa.

Mientras, Jessica le contaba a Nora muy excitada lo que iba a ponerse para asistir al próximo concierto de Johnny Buck. Distraída, mezcló todos los ingredientes y los movió sólo un par de veces. El resultado fue un revoltijo grumoso y cuarteado con demasiada sal.

Y cuando Elisabet batía muy despacio las claras de los huevos a punto de nieve y las incorporaba con todo el cuidado posible a la mezcla, levantándolas para que cogieran aire, Jessica se dedicaba a explicar a Nora el argumento de uno de sus culebrones favoritos, masticando un puñado de queso rayado.

Montar las claras era algo en lo que Jessica no se iba a molestar en absoluto, de modo que las echó en la mezcla y apenas las removió.

A los cuarenta minutos el soufflé de Elisabet estaba listo para sacarlo del horno. Abrió la puerta con cuidado. Sí, estaba a punto y perfecto... crecido, ligero y dorado igual que la foto que les mostrara la señora Gerhart. Utilizando las manoplas para no quemarse, acababa de dejarlo a salvo en la encimera cuando oyó un fuerte *¡bang!*

Jessica la miró con aire culpable–.

Supongo que he cerrado la puerta con demasiada fuerza –dijo inocentemente.

Cuando salió del horno, el soufflé de Jessica estaba duro como un ladrillo y cubierto de una corteza marrón de aspecto correoso. En el centro tenía un hoyo. Jessica lo miró un minuto y luego suspiró mientras levantaba las dos manos.

–Jamás aprenderé a cocinar –exclamó con gesto dramático–. Jamás. ¡Por más que lo intente!

–¡Oh, Elisabet! –En la cocina de al lado Nora se rió, echando hacia un lado su larga melena morena–. ¡Eres el colmo! ¡Imitas a Jessica a la perfección! ¡Alguien tendría que proponerte como la mejor actriz!

–Bien, Elisabet. –La señora Gerhart entró en la cocina y miró el desastroso soufflé de Jessica–. Tal vez sí que deberían darte el premio a la mejor actriz... ¡pero nadie va a proponer tu candidatura para un premio de cocina! –Frunció el ceño–. Me sorprendes. Por lo general lo haces mucho mejor. –Sacó su libreta de notas y pasó su dedo por la lista hasta llegar al nombre de Elisabet–. No creo que pueda ponerte más de una C por tu esfuerzo.

Elisabet se adelantó.

–¡Oh, no! ¡Espere! –exclamó cuando la señora Gerhart apoyó el bolígrafo en la libreta. Señaló el soufflé dorado y perfecto–. ¡*Éste* es mi soufflé!

La señora Gerhart sonrió.

–¡Y qué hermoso, Jessica! –exclamó–. Tiene un aspecto como para chuparse los dedos. –Con un tenedor tomó un pedacito y después de probarlo puso los ojos en blanco–. Ummmm. ¡Y sabe tan bien como promete! ¡Jessica, estoy tan contenta! ¡Éste es tu mejor trabajo en lo que va de año!

Sin dejar de sonreír, la señora Gerhart pasó su dedo por la lista hasta llegar al nombre de Jessica. A su lado puso una A. Y junto al de Elisabet una C.

Asombrada, Elisabet miraba el libro de notas. Jamás le habían puesto una C en la clase de la señora Gerhart. ¡Aquello no era justo!

Pero no podía hacer nada en absoluto. La señora Gerhart estaba convencida de que era Jessica y, dijera lo que dijese, Elisabet nunca podría hacerle creer que era ella misma.

Mientras Jessica corría a su siguiente clase, Elisabet recogió sus libros y salió al pasillo con aire sombrío, parpadeando para contener las lágrimas que amenazaban con deslizarse por sus mejillas. A su espalda se oyeron risas y alguien gritó:

–¡Día de las Bromas!

¿Día de las Bromas?

Elisabet suspiró entrecortadamente. Empezaba a preguntarse cuál era en realidad la broma más inocente.

6

Las bromas no cesaban de producirse con rapidez en la mesa donde comía Elisabet. Jerry sacaba fotos a todo el mundo con su cámara de agua. Charlie Cashman puso un cubito de hielo con un escarabajo en el centro en la naranjada de Lois Waller. Luego contempló con deleite como Lois corría al cuarto de baño con la mano en la boca.

Aaron Dallas plantó una araña de goma en el hombro de Brooke Dennis cuando no miraba. Al oírla chillar, y al verla saltar de aquella manera tan cómica, varios niños gritaron impacientes: «¡El Día de las Bromas! ¡El Día de las Bromas!»

–¿Te importa que me siente aquí? –preguntó Ken Matthews a Elisabet con un brillo malicioso en los ojos. Dejó su bandeja sobre la mesa delante de Elisabet y de su buena amiga Amy Sutton. Su plato venía bien cargado con tres salchichas. Sonrió a Elisabet.

–Hola, Jessica –dijo.

–Yo no soy Jessica –dijo Elisabet automáticamente mientras untaba de mostaza su salchicha–. Soy Elisabet.

Empezaba a cansarse de corregir a todo el mundo y no conseguir nada. Todos estaban convencidos de que era Jessica *fingiendo* ser Elisabet.

Amy rió contenta y alargó la mano para coger la mostaza.

–Escucha, Jessica –dijo–, cuando veas a Elisabet, recuérdale que esta noche nadaremos. Y mi madre dice que también puedo invitarla a cenar.

–Eso es estupendo, Amy. Estoy deseando enseñarte mi nuevo traje de baño color rosa. Y también me encantará quedarme a cenar.

Amy replicó incómoda:

–Pero mi madre dijo que sólo podía invitar a cenar a una persona, Jessica. Y yo ya había pensado invitar a Elisabet. –Levantó la cabeza y señaló al otro lado del comedor–. Oh, ahí está Elisabet con el señor Davis. –Miró con curiosidad–. Me pregunto de qué estarán hablando. Sea lo que sea debe ser divertido. El señor Davis parece desternillarse de risa.

–Pero esa es Jessica –dijo Elisabet–. ¿No lo ves? Lleva la ropa de Jessica.

Amy la miró de soslayo.

–Ja-ja –dijo–. Muy gracioso. Tú no puedes engañarme, Jessica. Te conozco bien.

Elisabet iba a protestar pero se dio por vencida. Sería inútil. Ni siquiera a su mejor amiga podía convencerla de que no era Jessica. Bueno, más tarde, cuando fuese hora de ir a cenar a casa de Amy, pondría las cosas en claro. Amy se llevaría una buena sorpresa.

–¡Hola, mira, Amy! –gritó Ken de repente mientras señalaba puesto en pie–. ¿No es Carolina Pearce la que está en ese rincón con Elise? ¡No puedo creerlo! Mira lo que lleva puesto. ¡Una camiseta de Johnny Buck!

–¿Carolina Pearce? –exclamó Amy sin poder creerlo. Se volvió para mirar hacia donde señalaba Ken–. ¿Con una camiseta de Johnny Buck? ¡Bromeas!

Carolina era una alumna de sexto grado remilgada y entrometida que siempre llevaba blusas de algodón abrochadas hasta el cuello. Elisabet sabía que era la última persona en este mundo que osaría ponerse una camiseta para ir al colegio.

Mientras Amy se volvía para ver a Carolina Pearce con aquella camiseta, Ken aprovechó para sacar una cosa del bolsillo de su camisa. ¡Era una salchicha de goma! Sacó la salchicha del bocadillo de Amy para reemplazarla por la de goma. Luego volvió a sentarse y metió la salchicha de Amy en uno de sus bocatas. Elisabet, que lo había observado todo, tuvo que taparse la boca con la mano para que no se le escapase la risa.

Amy se volvió.

–Carolina Pearce no lleva camiseta, sino una vulgar blusa verde. Debes ver visiones, Ken –le dijo al coger la mostaza.

Ken se encogió de hombros y le guiñó un ojo a Elisabet.

–Es posible –confesó socarrón–. Quizá debería ir al oculista. Últimamente lo veo todo algo borroso.

–Deberías hacerlo. Todo el que es capaz de cometer un error como ése necesita gafas –gruñó Amy.

Cuando acabó de untar de mostaza su salchicha cogió el bocadillo para darle un mordisco. Luego lo miró, le dio media vuelta e intentó morderlo por el otro extremo.

Elisabet la miraba haciendo esfuerzos por no reír. Ken tenía la cara roja por la risa contenida y sus ojos azules brillaban divertidos.

Intrigada, Amy dejó su salchicha en el plato.

–Esta salchicha parece de goma. Ni siquiera he podido darle un bocado –se lamentó mientras abría su bocadillo y pinchaba la salchicha con el tenedor–. ¡Vaya salchichas que nos dan en este colegio! –se burló.

–¡Día de las Bromas! ¡Es una salchicha de goma! –exclamó Ken encantado mientras la recuperaba y la limpiaba de mostaza.

Por un segundo Amy pareció enfadada, pero luego los tres se echaron a reír a carcajadas.

En aquel momento, el sistema de altavoces del colegio lanzó un crujido. Y, por encima del ruido del comedor, oyeron la voz del señor Clark, el director de la Escuela Media de Sweet Valley.

–Buenas tardes –dijo. Se aclaró la garganta con dramatismo–. Tengo que comunicaros tres avisos *muy* importantes, de modo que prestad atención todos.

El murmullo de voces del comedor se apagó.

–El primero –continuó el señor Clark– hace referencia a los autobuses del colegio. –Hizo una pausa–. Lamento comunicaros que esta tarde, los que tomáis el autobús tendréis que volver a casa andando. Los conductores están en huelga.

Un gemido general se oyó en el comedor.

–¿Volver a pie a casa? –se lamentó Lois Waller mientras apartaba sus cabellos castaños de su cara redonda–. ¡Si hay más de un kilómetro!

–Puede que así adelgaces un par de kilos –intervino Jerry McAllister con malicia.

Alex Betner le dio una palmada a Jerry en el hombro.

–Oye, mira quién habla –bromeó.

Jerry siempre tomaba dulces en abundancia y su cintura era una talla o dos más que la de los demás. Jerry le devolvió el golpe a Alex y, mientras todos reían aún, volvió a hablar el señor Clark.

–El segundo aviso es referente a la

feria que el sexto grado preparaba para la semana próxima.

Elisabet apoyó los dos codos sobre la mesa en actitud expectante. La feria era muy divertida, con casetas, juegos y concursos para todos. La clase la esperaba siempre con ansiedad.

–Lamento decir a todos los de sexto grado que la feria debe aplazarse.

El segundo gemido fue incluso más fuerte y prolongado que el primero.

–¿Aplazarla? –preguntó Amy con asombro, volviéndose hacia Elisabet–. ¿Pero, por qué debe aplazarse?

Elisabet se reclinó en su asiento terriblemente decepcionada. ¡Tanto como el comité organizador había trabajado para preparar la fiesta!

–Atended –dijo con tristeza el señor Clark–. Ahora viene lo peor.

–¿Lo peor? –murmuró Amy–. ¿Qué puede ser peor que aplazar la feria?

–Y el tercero... –dijo el señor Clark tras cierto suspense– se refiere al *postre*.

–¿El postre? –dijo Jerry preocupado–. ¿Qué *pasa* con el postre?

–El encargado de la cocina –informó el señor Clark– me ha dicho que el congelador se ha estropeado y todos los helados se han derretido.

El tercer lamento ganó a los anteriores.

–¿Derretido? –preguntó Jerry McAllister asombrado–. ¿Es que no nos van a dar helado?

–Y tal vez tarden una semana o más en arreglar el congelador –añadió el señor Clark por encima de las lamentaciones.

–¡Una semana *entera* sin helado! –gruñó Jerry que se pasó los dedos entre el pelo–. ¡No podré soportarlo!

–Éste ha sido el último aviso –dijo el señor Clark con presteza–. Excepto una cosa más. –Se hizo el silencio y todos dejaron de lamentarse para escuchar.

Elisabet se inclinó hacia adelante. Los autobuses, la feria, los helados... ¿qué más podía decirles el señor Clark?

Éste volvió a carraspear.

–¡Día de las Bromas! –dijo contento.

Pasada la sorpresa se armó la marimorena mientras todos se felicitaban unos a otros muertos de risa.

–Tomaré helado *doble* –exclamó Jerry mientras se levantaba de un salto para acercarse a la barra.

Lois Waller exhaló un profundo suspiro de alivio y separó su silla de la mesa.

–Gracias a Dios –dijo–. ¡No tendré que volver a casa andando! –Y tras levantarse fue a servirse una segunda ración de comida.

Elisabet y Amy se miraron contentas.

–De modo que la feria será la semana que viene tal como estaba programado –dijo Elisabet.

Ken se puso en pie y la salchicha de goma asomaba por el bolsillo de su camisa.

–Bueno, tengo que marcharme –dijo. Luego miró a Elisabet–. Te veré esta noche en la fiesta, *Jessica*. –Se rió–. ¡Felices bromas de abril!

Elisabet también se rió. A pesar de los castigos y de la C que le pusieron en la clase de cocina, era estupendo ver como todos se divertían gastándose bromas unos a otros. Al fin y al cabo, el Día de las Bromas era sólo una vez al año. ¡Y aquella noche todos se llevarían una gran sorpresa cuando ella y Jessica dijeran *la verdad* acerca de su broma tan sensacional!

Aquella tarde, al finalizar las clases, Elisabet buscó a Jessica, pero no la encontró por ninguna parte. Elisabet supuso que su hermana había aclarado las cosas con las Unicornio y que habría ido a ayudarlas en su proyecto. De todas formas no tenía tiempo para preocuparse por Jessica. Lo primero que debía hacer era presentarse ante el señor Davis. Si tenía suerte tal vez no le llevase mucho tiempo escribir el ensayo y luego podría ir al despacho del señor Edwards.

Pero el aula estaba vacía. Vio un mensaje escrito en la pizarra: *Querida Jessica, he sufrido un repentino dolor de muelas y he tenido que ir al dentista. Tendremos que aplazar tu castigo para más adelante. Ya he dado de comer a los gerbos*. Y firmaba, *Señor Davis*.

Elisabet lanzó un sonoro suspiro de alivio. Era una lástima que al señor Davis le dolieran las muelas, ¡pero qué suerte para ella! Un castigo eliminado; sólo quedaba uno.

Salió corriendo de la clase y una vez en el pasillo... tuvo buen cuidado de no correr en ningún momento hasta llegar al despacho del señor Edwards.

–Hola –dijo a la señora Peters, la secretaria del director–. Soy Elisabet, er... Jessica Wakefield. El señor Edwards me dijo que viniera esta tarde para ayudarla a archivar papeles.

–Oh, sí, Jessica –replicó la señora Peters, sonriendo por encima de sus lentes con montura dorada–. Me lo dijo el señor Edwards. Pero él ha tenido que ir a una reunión y yo tengo que darme prisa para ir a recoger a mi pequeño cuando salga del colegio. Tendremos que dejarlo para otro día.

Elisabet procuró no sonreír pero por dentro disfrutaba. ¡Otro golpe de suerte!

–Espero que su niño haya pasado un buen Día de las Bromas –dijo cortés.

–Gracias –repuso la señora Peters–. ¿Irás a la fiesta esta noche?

Elisabet asintió.

–Ya lo creo. Y si no me necesita, me voy al gimnasio para ayudar a decorarlo.

La señora Peters recogió su bolso antes de apagar las luces del despacho.

–Bien, que te diviertas –le dijo alegremente.

Elisabet corrió presurosa en dirección al gimnasio. ¡Las cosas estaban saliendo mucho mejor de lo que había esperado! Ahora podría colaborar en la decoración del gimnasio con la conciencia tranquila.

Pero cuando llegó al gimnasio, y tras empujar la puerta, se econtró con Pamela Jacobson que la miró con extrañeza.

–Hola, Jessica –la saludó Pamela–. ¿Qué haces aquí?

–He venido a decorar –repuso Elisabet.

–Pero eso es cosa de Elisabet –objetó Pamela–. Tú ni siquiera estás en el comité, Jessica.

Elisabet sonrió.

–*Yo soy* Elisabet –dijo. Detrás de Pamela pudo ver a otros niños que se reían divertidos. Algunos, subidos en escaleras, colgaban guirnaldas de papel mientras otros hinchaban globos para la fiesta.

Pamela se puso en jarras.

–En realidad, y si quieres saberlo, todos estamos un poco enfadados con Elisabet. Tenía que estar aquí hace un cuarto de hora para ayudar en la decoración. ¿La has visto por alguna parte?

La sonrisa de Elisabet se esfumó.

–Pero *yo soy* Elisabet –repitió–. Sinceramente, Pamela. Hubiera llegado a tiempo, pero tenía dos castigos que cumplir, uno del señor Davis y otro del señor Edwards.

–¡Lo ves, eso lo demuestra! –exclamó Pamela–. ¡A Elisabet *nunca* la castigan, y mucho menos *dos veces* en la misma tarde!

–¡*Pero es verdad!* –exclamó Elisabet–. ¡Por favor, créeme!

Pero se daba cuenta de que estaba en un aprieto. Si nadie la creía, ¿por qué iba a hacerlo Pamela?

–Escucha, Jessica, todo el mundo sabe que tú y Elisabet os traéis entre manos una súper broma, ¿pero no crees que os estáis pasando un poco? –Pamela dirigió a Elisabet hacia la puerta con amabilidad–. Sabemos que tú eres Jessica, de modo que no podemos dejar que nos ayudes. Si ves a Lisa, dile que estamos muy disgustados porque no se ha presentado. –Y con estas palabras hizo salir a Elisabet al pasillo y luego cerró la puerta del gimnasio.

Por un instante, Elisabet se quedó mirando la puerta cerrada sin saber qué hacer. Sus pensamientos quedaron interrumpidos al divisar a Lila Fowler y Ellen Riteman que se acercaban por el pasillo. ¡Y vaya! ¡Parecían furiosas!

7

–¡Jessica! –gritó Lila impaciente–. ¡*Te dije* que esta tarde tenías que ayudarnos en nuestro proyecto!

Elisabet miró con añoranza la puerta cerrada del gimnasio con el deseo de poder unirse a los chicos y chicas que trabajaban dentro. Luego enderezó los hombros para mirar a Lila.

–La verdad, Lila, yo no soy la que tú crees...

Ellen Riteman la atajó al instante.

–Lo sabemos, lo sabemos. Tú no eres Jessica, ¿verdad? sino Elisabet.

–Eso es –asintió Elisabet tranquilamente.

–Bien, entonces –insistió Lila– si eres Elisabet, ¿por qué no estás en el gimnasio trabajando con el resto del comité en la decoración para la fiesta de esta noche?

Elisabet sólo pudo encogerse de hombros con impotencia. Se echó a reír ante la *lógica* de la respuesta de Lila. Pamela y los demás no la dejaban decorar porque creían que era Jessica. Y Lila estaba convencida de que era Jessica porque no estaba ayudando en el gimnasio. ¡Naturalmente! Era perfectamente lógico y al mismo tiempo perfectamente tonto. ¡Cuando Jessica se enterara de aquello iba a perder la chaveta!

Ellen asintió.

–Eso es más razonable –dijo en tono de aprobación–. Vamos, Jessica. Tienes un *trabajo* qué hacer. –Y cogió a Elisabet del brazo.

–Es cierto –añadió Lila mientras la cogía del otro–. Vamos. Tenemos un trabajo para ti.

¿Un trabajo? Aquello era muy raro. Ninguna de las Unicornio... aquellas niñas que se consideraban tan especiales... jamás hacían nada. De hecho, pasaban la mayor parte de su tiempo tratando de eludir las tareas del comité, en especial las que requerían un martillo o un pincel.

–No lo entiendo –protestó Elisabet mientras las niñas la llevaban por el pasillo–. ¿A dónde vamos?

–Las Unicornio estamos lavando coches –dijo Ellen.

Salieron de la puerta de doble hoja a la acera delante del colegio.

–¿Lavando coches? –repitió Elisabet con los ojos muy abiertos por la sorpresa–. ¡Si las Unicornio nunca hacéis nada parecido! ¡Es un trabajo sucio! –les dijo.

Lila y Ellen intercambiaron una mirada divertida.

–Bueno, pues hoy lo hacemos –replicó Lila con altivez–. En la gasolinera.

–¿Pero por qué han de lavar coches las Unicornio? –Elisabet persistía. Otros clubs de la Escuela Media de Sweet Valley vendían pasteles y lavaban coches o cortaban el césped para ganar dinero... pero las Unicornio, no.

–Porque... porque necesitamos ganar dinero para nuestra próxima fiesta –dijo Ellen que escoltó a Elisabet hasta la gasolinera del otro lado de la calle.

Varias Unicornio estaban reunidas alrededor de un elegante Mercedes gris.

–Date prisa, Jessica. No queremos que hagas perder tanto tiempo a tu primer cliente.

Al llegar a la estación de servicio, Lila

entregó a Elisabet un cepillo y una manguera.

–Está bien, Jessica, empieza a trabajar –le ordenó, señalando el Mercedes–. Es todo tuyo.

Elisabet miró a su alrededor. Janet Howell, la presidenta del Club de las Unicornio, estaba allí hablando con otros miembros del club. Todas llevaban su ropa de colegio... bonitas faldas y jerséis limpios. Ninguna iba vestida para realizar un trabajo tan sucio como lavar coches.

–¿Y yo soy la única que ha de trabajar? –preguntó Elisabet con recelo–. ¿Nadie va a ayudarme?

–Todas hemos lavado un coche por lo menos –replicó Lila mientras se encogía de hombros con indiferencia. Tocó su reloj con la punta de su dedo índice–. No olvides, Jessica, que deberías haber estado aquí hace media hora.

–Es cierto –intervino Ellen–. Nosotras ya hemos hecho nuestra parte. Ahora te toca a ti, Jessica. ¡Manos a la obra!

Elisabet miró el coche. Claro que podía negarse a lavarlo. En realidad, estuvo a punto de tirar la manguera y el cepillo e irse a casa. Había sido un día muy largo y agotador y ya estaba harta de que todos creyeran que era Jessica. ¡Empezaba a pensar que el Día de las Bromas había resultado demasiado bien!

Pero si Elisabet se negaba a hacer lo que querían las Unicornio, Jessica iba a tener problemas con ellas. Y aunque Elisabet no comprendía por qué su gemela consideraba tan estupendas a las Unicornio, no iba a ser desleal con Jessica. No quiso hacer nada que pudiera enfrentar a su hermana con sus amigas.

De manera que, mientras las Unicornio charlaban animadamente de trapos y chicos, Elisabet se puso a lavar el polvoriento coche. Cuanto terminó de enjabonarlo, lo aclaró y después lo secó. Procuró no mojarse sus tejanos recién lavados, pero con poco éxito. Al acabar, tenía grandes zonas húmedas en sus pantalones y en la blusa, sus zapatillas estaban empapadas y le dolían los brazos por el duro esfuerzo.

Janet Howell se acercó para inspeccionar el coche.

–Buen trabajo –dijo con aprobación–. ¿No creéis que Jessica ha colaborado muy bien en el lavado de coches de las Unicornio, niñas?

–¡Un trabajo *maravilloso*! –contestaron las Unicornio a coro. Y a continuación, ante la sorpresa de Elisabet, todas gritaron:

–¡Feliz Día de las Bromas, Jessica!

Elisabet se volvió hacia Lila y Ellen con la boca abierta.

–¿Queréis decir que *no había* tal lavado de coches, después de todo?

–Claro que no, Jessica –dijo Lila con desprecio–. Tenías toda la razón al decir que el lavado de coches es demasiado trabajo para las Unicornio. Ha sido una broma... que te hemos gastado. Y ha sido muy buena, ¿verdad?

–Mi madre estará muy contenta al ver cómo ha quedado su coche –intervino Ellen–. Estoy sorprendida, Jessica. Nunca pensé que pudieras hacerlo tan bien.

Ellen rodeó los hombros con el brazo.

–Y eres lo bastante comprensiva para encajar nuestra broma sin enfadarte con nosotras. ¿Verdad que es muy buena chica?

Todas las Unicornio estuvieron de acuerdo en que Jessica era buena chica y entonces decidieron ir a Casey a tomar un helado. Todas menos Elisabet que se disculpó diciendo que tenía que ir a su casa para quitarse aquella ropa mojada antes de la fiesta de la noche.

Mientras se dirigía a su casa, pensó en todas las cosas absurdas que le habían ocurrido aquel día. ¡No sólo había cargado con los castigos de Jessica y la C que le pusieron en clase de cocina, sino también con la broma de las Unicornio destinada a su hermana! Suspiró con pesar mientras se frotaba sus brazos doloridos. Vaya día. Esperaba no tener jamás otro como aquél. El año próximo, Jessica tendría que inventar otra broma bien distinta. ¡Eso es!

Cuando llegó a su casa, Elisabet se sentía un poco mejor. Lo suficiente para reírse del lado cómico de todo lo ocurrido aquel día. En la cocina, los últimos rayos de sol penetraban por la ventana y el reloj de la pared marcaba las cuatro y media. Tenía tiempo de tomar un vaso de leche con galletas antes de darse un baño rápido y prepararse para ir a casa de Amy.

Pero Steven ya estaba delante de la nevera.

–De modo que ya has llegado, Jess –dijo al sacar la mano de la nevera con una lata de soda. Meneó la cabeza con aire solemne.

–Vaya, será mejor que andes con cuidado –le advirtió mientras bajaba la voz–. Mamá te está buscando y esta vez está en pie de guerra.

Cansada, Elisabet se sentó en un taburete de la cocina y se frotó el hombro.

–Supongo –dijo mientras destapaba el tarro de las galletas y sacaba dos de chocolate–, que de poco serviría que te dijera que *yo no soy* Jessica.

–No, no serviría de nada –replicó Steven con el ceño fruncido mientras abría la lata de soda–. Pero es exactamente lo que yo diría si estuviera en tu lugar. En estos momentos, sería mucho más seguro ser Elisabet. Ya sabes, la has hecho buena.

–¿La hice buena? –preguntó Elisabet que apoyó el codo sobre la encimera para mirar a Steven–. ¿Qué diantre ha hecho Jess *ahora*?

Steven la miró y luego se puso bizco y sacó la lengua. Estaba horrible.

Elisabet exhaló un suspiro de resignación.

–Está bien –dijo–. ¿Qué he hecho ahora?

Steven dejó de mirar bizco y se tomó un buen vaso de soda. Luego le quitó una de las galletas que Elisabet tenía en la mano.

–¿Recuerdas aquellos planos del proyecto Oberman que se suponía debías echar al correo?

Elisabet miró a Steven muy seria.

–¿Planos?

De nada serviría decir que ella nunca había oído hablar de los planos Oberman. Probablemente estarían relacionados con el trabajo de su madre como decoradora de interiores.

–Eso es –dijo Steven que se llevó la galleta a la boca–. Los planos Oberman. Bueno, pues no los han recibido, lo cual significa que tú no los echaste al correo. Estás en un grave aprieto, y vaya si es grave. –Hizo una pausa mientras meneaba la cabeza, mirándola con pesar–. ¡Caramba, hoy, ni por un millón de dólares quisiera estar en tu pellejo!

En aquel momento entró en la cocina la señora Wakefield. Todavía llevaba puesta su ropa de trabajo y su mirada era severa.

–Bueno, Jessica –dijo–, supongo que

Steven ya te lo habrá dicho. ¿Dónde pusiste los planos Oberman?

–Pero, mamá –exclamó Elisabet–. ¡Yo *no* soy Jessica! ¡Y no sé nada de esos planos!

La señora Wakefield parecía enfadada.

–No es momento para bromas, Jessica. Imagino que te entretendrías con algo y olvidaste echar los planos al correo. Debiste dejarlos en alguna parte. ¿Están en tu armario? ¿Debajo de tu cama?

Steven lanzó una breve risita.

–Si es ahí donde están –dijo, metiéndose otra galleta en la boca–, habrá que hacer una excavación a fondo para que aparezcan.

–Pero mamá, yo no... –comenzó Elisabet y luego se detuvo. Si su madre estaba convencida de que ella era Jessica, no podía hacer nada. ¿Y qué habría hecho Jessica con los planos? Sus hombros se abatieron con desaliento. Había podido soportar casi todo lo que le había ocurrido aquel día, pero esto no. Esto era demasiado importante. ¡No era de extrañar que Jessica pensara que el no cambiar la una por la otra era una idea sensacional!

La señora Wakefield miró su reloj.

–Son casi las cinco. La fiesta es a las siete, de manera que te sugiero, Jessica, que subas a tu habitación y durante una hora hagas los deberes del colegio. Y mientras, a ver si puedes recordar que ha sido de esos planos. Si no aparecen, me temo que tendrás que venir a la reunión del Ayuntamiento con tu padre y conmigo como castigo por ser tan descuidada.

–¡Pero mamá, no puedo perderme la fiesta! –gimió Elisabet. Después de todas las cosas desagradables que había soportado, porque la gente la tomaba por Jessica, Elisabet *tenía* que estar presente para ver la cara que iban a poner todos cuando se dieran cuenta de que les habían engañado. ¿Y qué le iba a decir a Amy respecto a la cena y a lo de ir a nadar?

–No hay pero que valga –replicó la señora Wakefield con severidad mientras le señalaba la puerta–. Arriba, Jessica. ¡Y procura *recordar*!

8

Durante la hora siguiente, Elisabet permaneció en la habitación de Jessica, haciendo deberes. No le gustaba trabajar en la habitación tan desordenada de su hermana. La ropa sucia se amontonaba en el suelo y encima de la cama sin hacer. La puerta del armario estaba abierta y Elisabet podía ver el revoltijo de zapatos. Encima del escritorio, un póster tamaño natural de Johnny Buck, el astro del rock favorito de Jessica, le sonreía.

Elisabet no cesaba de pensar en los planos Oberman. Se consolaba pensando que cuando Jessica llegase a casa, los encontraría. También estaba impaciente por poner las cosas en su sitio y revelar su identidad.

Pero cuando Jessica entró en su dormitorio se dejó caer sobre la revuelta cama con una sonrisa de satisfacción.

–¿Verdad que ha sido un día *maravilloso*? –exclamó feliz–. ¡Hemos engañado absoluta y completamente a todo el mundo! ¡Ha sido la mejor broma que hemos gastado jamás!

–Eso es lo que *tú crees* –dijo Elisabet en tono sombrío mientras dejaba el lápiz y se volvía–. ¿Qué me dices de mi suscripción a mi revista preferida? ¿Y del castigo que me ha impuesto *a mí* el señor Davis por la nota que escribiste *tú*?

Jessica se encogió de hombros.

–Supongo que son gajes del oficio –dijo con ligereza.

–¿Y la bromita que las Unicornio habían preparado para ti?

Jessica se incorporó mirándola con curiosidad.

–¿Qué bromita? –preguntó.

–La de que yo haya tenido que lavar el Mercedes de la madre de Ellen Riteman. –Elisabet suspiró y le contó a Jessica la historia de las Unicornio sobre lavar coches.

Cuando hubo escuchado el cuento de Elisabet, Jessica se echó a reír a carcajadas.

–¿De modo que lavaste *todo el coche*?

–exclamó–. ¿Mientras todas te miraban? ¡Oh Elisabet, que divertido!

–Eso depende de en qué extremo de la manguera estés –dijo Elisabet enfadada–. Pero hay algo más importante que todo eso. ¿Qué hay de los planos Oberman? No llegaron cuando debían. ¿Qué hiciste con ellos?

Jessica arrugó el entrecejo.

–¿Los planos Oberman? Los eché al correo anteayer, como es de suponer.

Miró a Elisabet con sus ojos aguamarina muy abiertos y llenos de inocencia.

Elisabet aspiró con fuerza. Por lo general sabía cuando Jessica mentía. Esta vez estaba segura de que su hermana decía la verdad.

–¿Pero qué ha sido de ellos? –preguntó Elisabet–. ¿Y qué le vamos a decir a mamá? Está convencida de que tú no los echaste al correo. Y me ha amenazado con hacer *que yo* me pierda la fiesta de esta noche *si tú* no los encuentras. ¿No crees que hemos de poner en claro lo de nuestra broma?

Jessica se levantó para acercarse al espejo y retocar su maquillaje.

–Ni lo sueñes –dijo con énfasis mientras se pintaba los labios–. Un trato es un trato, Elisabet. Acordamos no descubrir que no nos habíamos cambiado hasta la fiesta de esta noche. Y por lo que a mi respecta es exactamente lo que voy a hacer.

–¡Pero no es justo! –exclamó Elisabet indignada–. Si no encuentras esos planos, mamá dice que tendré que ir a la reunión del Ayuntamiento con ella y papá! ¡Tendré que sufrir yo tu castigo!

–Es una verdadera lástima –dijo Jessica apesadumbrada–. Pero apuesto a que la familia se reirá incluso más cuando sepa la verdad y cómo les hemos engañado. Mamá probablemente querrá compensarte por el castigo. –Sus ojos brillaron con picardía–. Y *piensa* en las fantásticas historias que podrás contar mañana en el colegio. Y de todas formas –añadió Jessica con calma mientras pasaba el peine por sus cabellos rubios–, mamá probablemente no nos creería si se lo dijésemos. Lo único que pensaría es que yo trataba de sacarle alguna cosa, nada más. No, es mejor dejar las cosas tal como están.

Elisabet miró a Jessica con una mezcla de enfado y decepción. Jessica *la estaba utilizando* al no aceptar la responsabilidad de los problemas y la desdicha que le ocasionaba. ¿Cómo podía hacer caso omiso de sus sentimientos su propia hermana? Elisabet se mordió el labio.

Jessica ni siquiera se daba cuenta del disgusto de Elisabet. Se limitó a ahuecar sus cabellos sobre sus hombros y a dejar el peine en el tocador.

–Y en cuanto a la suscripción... bueno, tú ya sabes lo que ocurrió –dijo al volverse–. Si yo hubiese elegido tu revista de misterio, el señor Davis hubiera adivinado nuestra broma y nos hubiese estropeado el día. –Alargó el brazo para acariciar la mano de Elisabet–. No te preocupes, Lisa. ¡Si lees sobre música rock quizás empiece a gustarte!

Se dirigió hacia la puerta y desde allí se volvió con una sonrisa.

–Hasta luego –le dijo con indiferencia.

Elisabet volvió a sus deberes, pero lo veía todo borroso a causa de las lágrimas. Podía oír a Jessica abajo, en la cocina, riendo con su madre y Steven. La broma había llegado lejos, decidió resentida. ¡En realidad había llegado *demasiado* lejos! Estaba dispuesta a acabar con aquella broma estúpida.

Pero antes de que Elisabet tuviera tiempo de actuar, sonó el timbre de la puerta.

–Hola, señora Wakefield –dijo Amy–. ¿Está Elisabet?

–Sí. Está en la cocina con Steven comiendo galletas. ¿Por qué no te reúnes con ellos?

–Espero que no haya comido *demasiadas* galletas –dijo Amy–. Habíamos pensado ir a nadar y luego cenar en mi casa antes de la fiesta.

–Es una buena idea –dijo la señora Wakefield–. Yo voy a salir. ¡Jessica! –gritó hacia la escalera–. ¿Quieres algo del supermercado?

–No, gracias –replicó Elisabet con tristeza. Después de que su madre cerrase la puerta oyó la voz de Jessica en el recibidor.

–Hola Amy.

–Hola –contestó Amy–. Te he buscado todo el día. ¿Te dijo algo Jessica de mis planes para esta tarde? Después de ir a nadar, mi madre dice que podemos cenar en mi casa.

–Pero yo no soy Elisabet –replicó Jessica–. Soy Jessica.

Arriba, Elisabet se inclinó hacia adelante para escuchar. Quizá, si Jessica insistía un poco más, Amy la creería. Amy, más que nadie en este mundo, sabría ver la diferencia entre ellas. ¡Al fin y al cabo, Amy era su mejor amiga!

Amy se reía.

–Déjate de bromas, Elisabet –le dijo–. ¿Me recuerdas? Soy tu mejor amiga. Sé que tú y tu gemela sois idénticas, pero si alguien es capaz de distinguiros, ésa soy yo.

Elisabet suspiró tristemente.

Amy volvió a reírse.

–Bueno, *Jessica* –dijo con ironía–, y ahora, puesto que Elisabet me ha fallado, nosotras dos podríamos ir a nadar juntas.

Elisabet oyó como su hermana subía y entraba en su habitación. Entreabrió la puerta y tuvo la sorpresa de ver a Jessica que se ponía un chandal encima de *su* traje de baño nuevo.

¿Qué derecho tenía Jessica a librarse de su castigo *y* a ponerse su nuevo traje de baño?

Elisabet se dejó caer en la silla. Jamás se había sentido tan desgraciada.

Cuando minutos más tarde sonó el teléfono, oyó la voz de su padre en el recibidor.

–¿Elisabet Wakefield? No, lo siento, esta noche está ocupada.

–Papá –gritó Elisabet poniéndose en pie–. ¿Era para mí?

–No, *Jessica* –dijo su padre significativamente–. Era para Elisabet. Del Picadero Carson. La niña que monta a Trueno no se ha presentado esta tarde, y querían saber si Lisa podía pasar una hora con él. Pero puesto que ha ido a nadar con Amy, tendrán que buscar a otra.

Elisabet volvió a desplomarse en la silla con un gemido.

9

A las seis, la señora Wakefield llamó a la puerta de la habitación de Jessica antes de entrar.

–Bueno, Jessica –le preguntó–, ¿te has acordado ya de lo que hiciste con esos planos?

Elisabet meneó la cabeza.

–Te ahorraré el sermón sobre la responsabilidad –dijo la señora Wakefield–, pero esta noche vendrás con tu padre y conmigo a la reunión del Ayuntamiento.

Elisabet miró a su madre suplicante.

–¿No podrías cambiar de opinión, por favor? –preguntó con un hilo de voz–. Hay una razón muy especial por la que quisiera ir a la fiesta.

La señora Wakefield sonriente acarició con delicadeza el cabello de Elisabet.

–Lo comprendo, querida –dijo–. No has tenido muy buen día, ¿verdad?

Elisabet suspiró. Deseaba contárselo todo a su madre, pero de nada serviría. Su madre pensaría que era Jessica tratando de ganar su simpatía.

–No –replicó–. Creo que no.

–Bueno, mañana todo irá mejor –le dijo su madre para animarla–. Y en cuanto a esta noche, ¿por qué no te cambias para la reunión del Ayuntamiento? –Hizo un ademán hacia el armario de Jessica en cuya puerta estaba colgado su vestido nuevo rosa y blanco.

–¿Por qué no te pones ese vestido?

Elisabet tragó saliva.

–¡No quiero ponerme ese vestido! –exclamó enfadada. Y luego, más calmada, añadió–: Creo que me pondré uno de los vestidos de Elisabet, si tú crees que a ella no le importará.

Su madre se puso en pie sonriente.

–No, estoy segura de que no le importará –dijo–. Ponte lo que quieras. –Hizo una pausa al llegar a la puerta–. A propósito –añadió–, la reunión del Ayuntamiento se celebra en la biblioteca del colegio.

Aturdida Elisabet miró a su madre. Ya era bastante triste perderse la fiesta y ahora encima tendría que pasar por delante del gimnasio y oír como todos se divertían. ¡Y lo que era aún peor, algunos de sus compañeros *podrían verla*!

Elisabet estaba tan deprimida que decidió ponerse su vestido azul favorito con el cuello de encaje. Se recogió el pelo con una cinta azul y se puso su pulsera nueva de oro con los caballitos colgantes. Cuando se miró al espejo incluso logró sonreír. Su aspecto alegre no delataba lo mal que se sentía.

Con la excepción del señor Wakefield que tarareaba una cancioncilla, el viaje hasta el colegio transcurrió en silencio. Mientras dejaban el coche en la zona más oscura del aparcamiento del colegio, Elisabet mantenía los dedos cruzados para que no la viera ninguno de sus amigos. Pero mientras cruzaban la acera se encontraron a Julia Porter, una buena amiga que trabajaba con ella en el periódico *Sexto Grado de Sweet Valley*.

–Oh, hola, Jessica –dijo–. He buscado a Elisabet por todas partes. ¿Sabes dónde está? –Su voz se hizo apremiante–. Hay algo muy importante respecto al periódico que he de consultarle.

–Pero *yo soy Elisabet* –protestó ésta–. Puedes decírmelo a mí.

Sus padres se rieron.

–Es el Día de las Bromas, ¿sabes, Julia? –dijo su madre.

–Lo sé, señora Wakefield –contestó Julia–. Escuchen, si la ven, ¿querrán decirle que hay un problema urgente referente a la última edición de *Sexto Grado*? Necesitamos que ella decida qué debemos hacer.

–¿Qué es? –preguntó Elisabet preocupada. Cuando vio las pruebas el día anterior todo le había parecido bien. ¿Qué sería lo que estaba mal?–. Dime. Tal vez yo pueda ayudaros.

–¿Cómo vas a ayudarnos *tú*, Jessica? –rió Julia divertida–. ¡Si ni siquiera sabes escribir a máquina!

El señor Wakefield se rió.

–Procuraremos que Elisabet reciba tu recado –le gritó mientras la niña corría hacia el gimnasio.

La señora Wakefield puso su mano en el brazo de su marido.

–Ned –le dijo–. ¿No crees que será

mejor que vayamos ya a la reunión? No sea que lleguemos tarde.

Al entrar en el colegio a Elisabet le sorprendió que sus padres se dirigieran al gimnasio.

–¿A dónde vais? –perguntó al volverse para seguirlos.

La señora Wakefield le mostró una bolsa de papel.

–Tenemos que hacer un recado –le dijo–. Elisabet telefoneó poco antes de salir de casa. Se ha manchado la blusa de ponche en casa de Amy y me ha pedido que le trajera otra para cambiarse. Pasaremos por el gimnasio antes de ir a la reunión. Tendrás que buscar a tu hermana y darle la blusa limpia.

Elisabet no podía dar crédito a sus oídos. Iba a tener que entrar en plena fiesta y luego marcharse con sus padres que la esperaban en la puerta. ¡Todo el mundo la vería!

Cogió a su madre del brazo.

–Por favor –le suplicó–, ¿no podrías *entrar tú* en el gimnasio y yo quedarme fuera esperando?

La señora Wakefield sonrió.

–¿Pero qué pensarían los chicos y chicas? –preguntó–. Ellos no quieren que un par de padres carrozas arruinen su fiesta. –Meneó la cabeza mientras le entregaba la bolsa a Elisabet–. No, entra tú, querida. Nosotros te esperaremos aquí en la puerta.

Así que, con el corazón latiéndole muy deprisa, Elisabet abrió la puerta. Lo mejor era acabar con aquello lo antes posible.

El gimnasio estaba lleno de juventud con aire de fiesta. Todos iban muy bien vestidos y el gimnasio era precioso. Guirnaldas de papel crepé colgaban por todas partes y grupos de globos de muchos colores pendían del techo.

Había un radiocasete y un montón de cintas en una mesa en un rincón y, en el otro, la señora Gerhart y varias niñas preparaban galletas y ponche en una mesa decorada con un enorme ramo de hermosas flores.

Elisabet miró a su alrededor con el deseo de ser *ella* la que ayudase a llenar la ponchera o servir las galletas. Pero no podía. Tenía que aburrirse y soportar la reunión del Ayuntamiento con sus padres... y todo gracias a la estúpida broma que Jessica y ella habían planeado. Deseaba de todo corazón no haber accedido jamás a un plan tan absurdo.

En el centro de la pista Elisabet divisó a Jessica que hablaba con el señor Davis y otros niños de su clase. Con el deseo de llevar a cabo su cometido lo antes posible, Elisabet se abrió paso para llegar hasta ellos.

–Jessica –le dijo–. Te he traído la blusa.

De repente todos se apartaron y Elisabet se encontró sola con Jessica en medio de un gran círculo. Todas las rodeaban, observándolas y riendo.

–Celebro que estés aquí –dijo Jessica con una generosa sonrisa.

–Bueno, *pues yo no* –replicó Elisabet mientras sus mejillas adquirían un tinte escarlata. ¿Por qué las miraban todos?–. De todas maneras no puedo quedarme. Tengo que irme. –Y tras entregar la bolsa a Jessica se volvió para marcharse.

–¡Espera! –le gritó Jessica–. ¿A dónde vas? –En el círculo alguien se abría paso.

Elisabet dirigió a su hermana una mirada asesina. No era justo hacerle esa pregunta delante de toda la clase.

–Tú ya sabes a donde voy –dijo con rebeldía–. A la reunión del Ayuntamiento con papá y mamá, ahí es donde voy.

–No, no irás –dijo la señora Wakefield, adelantándose.

Elisabet se volvió.

–¿Quieres decir que no he de ir a la reunión con vosotros?

–Eso es Elisabet –dijo su padre con una sonrisa–. Puedes quedarte en la fiesta. –Su sonrisa se acentuó–. En realidad, creo que *es tu fiesta.*

Elisabet miró a su alrededor confundida. ¿*Su* fiesta?

–Pero no entiendo... –empezó.

–¡Día de las Bromas, Elisabet! –gritó Jessica contenta.

–¡Día de las Bromas, Elisabet! –exclamaron sus padres a la vez.

–¡Día de las Bromas, Elisabet! –gritó toda la clase.

10

Elisabet miraba boquiabierta el círculo de amigos que la rodeaban riendo con simpatía.

–¿Día de las Bromas? –repitió.

–Sí. ¿Te engañamos, verdad? –dijo Jessica con orgullo–. Todo fue idea mía. –Sonrió llena de satisfacción–. Ha sido la mejor broma que nadie pudo soñar jamás. –Como Elisabet no decía nada, la miró preocupada–. ¿No estarás enfadada conmigo, verdad?

Elisabet negó con la cabeza atónita y casi sin habla. Todo lo absurdo que le había ocurrido aquel día... los castigos, la C en clase de cocina, tener que lavar el coche de las Unicornio, los planos Oberman.

¿Qué cosas fueron *reales* y cuáles formaban parte de la broma de Jessica?

–Yo... yo no sé qué decir –dijo insegura–. Todavía no estoy segura de lo que pasa.

–Está bien –dijo Jessica para consolarla–. En realidad no tienes que decir nada.

Luego, se inclinó para coger el ramo de flores que estaba encima de la mesa y se lo ofreció a Elisabet.

–Aquí tienes, Lisa. ¡Todos nosotros te hemos concedido el Premio del Año a la Deportividad! Enhorabuena.

Y entonces todos aplaudieron.

–¡Bravo, Elisabet! –gritó Amy–. ¡Bravo!

Con el ramo de flores entre los brazos Elisabet miró a sus amigos, sus profesores y su familia. Todos aplaudían y reían.

–¿Queréis decir que todos habéis intervenido en la broma? –preguntó.

La señora Wakefield se adelantó sonriente.

–Tu padre, Steven y yo ayudamos a organizarla –dijo.

Jessica asintió contenta.

–¿Te acuerdas cuando ayer preparábamos nuestro plan debajo del pino, que de repente me acordé que tenía que decirle una cosa a mamá?

–Lo que tenía que decirme –dijo la señora Wakefield– era que tú estabas de acuerdo con su idea... pero que en realidad era una broma dedicada *a ti*!

Elisabet asintió. Las cosas empezaban a encajar y a tener sentido.

–De modo que todo ese asunto de que Jessica había perdido los planos Oberman...

–Todo formaba parte del juego –admitió su madre un poco preocupada–. Teníamos que ser convincentes para engañarte. Pero espero que no hayamos ido demasiado lejos, cariño. –Cogió la mano de Elisabet–. No te habremos hecho sufrir demasiado, ¿verdad?

Elisabet pensó en la hora que había pasado en la habitación de Jessica haciendo deberes y sintiéndose tan desgraciada.

–Supongo que no –contestó con cara de circunstancias–. Tengo hecho mi mapa de ciencias sociales, de modo que no he perdido el tiempo del todo. Pero he perdido la oportunidad de montar a Trueno.

El señor Wakefield echó la cabeza hacia atrás para soltar una carcajada.

–No, Elisabet –le dijo–. No te lo has perdido. Aquella llamada no era del Picadero Carson, sino de Steven que llamaba desde otro teléfono. Fue una treta más.

Elisabet exhaló un enorme suspiro de alivio.

–De modo que los del picadero no me buscaban a mí –exclamó.

–No –dijo su padre–. Pero sí que alguien del picadero llamó antes para preguntar si estarías libre el sábado por la mañana para sacar a Trueno de paseo. Eso es lo que me dio la idea. ¿Podrás ir el sábado?

Los ojos de Elisabet se iluminaron de felicidad. No había nada que le gustase más que montar a Trueno.

–Y tampoco te perdiste la cena en mi casa, Elisabet –dijo Amy con una gran sonrisa–. Jessica y yo vinimos al colegio para ayudar a la señora Gerhart y a varias niñas a preparar tu pastel.

Elisabet tragó saliva sorprendida.

–*¿Mi pastel?* ¿Qué pastel?

–Este pastel –dijo la señora Gerhart, señalando una gran tarta de aspecto delicioso. En letras azules y blancas de azúcar glaseado decía: **¡Día de las Bromas, Elisabet!**–. Queríamos hacerlo hoy en clase de cocina –continuó la señora Gerhart–, pero no quisimos correr el riesgo de que lo vieses y te imaginaras lo que pasaba. –Sus ojos brillaron–. De modo que hicimos soufflés. Y debo reconocer, Elisabet, que el tuyo fue *magnífico*, uno de los mejores que he visto en todos mis años de profesora. Realmente merecía la A que puse al lado de tu nombre cuando acabó la clase.

Jessica se inclinó hacia adelante y le susurró a su hermana:

–Incluso me va a dar otra oportunidad para que haga mi soufflé, Lisa. Estoy segura de que puede salirme mejor si presto más atención. La próxima vez no cerraré el horno de golpe.

El señor Davis habló después con aire severo:

–Respecto al castigo que se supone debías cumplir, Elisabet...

Elisabet lo miró nerviosa pero el señor Davis tenía los ojos brillantes.

–¿Quiere usted decir que el castigo también formaba parte de la broma? –preguntó–. ¿La nota que me enseñó no era auténtica?

–Bueno, no exactamente –murmuró Jessica con la vista baja y las mejillas sonrosadas–. Lo que quiero decir es...

–Lo que Jessica quiere decir –explicó el señor Davis con amabilidad–, es que la nota que ella escribió *era* auténtica. Pero esta mañana durante la clase, yo *esperaba* de verdad que vosotras cambiaseis de identidad, de manera que me engañasteis por completo al no cambiaros. Por eso le pedí a Jessica que viniera a recoger tu premio. Y por eso te adjudiqué el castigo, Elisabet. Pensé que eras Jessica haciéndose pasar por Elisabet. –Se rió–. ¿Lo veis? Las dos me habéis engañado por completo.

–Pero a la hora de comer lo aclaramos todo –intervino Jessica–, diciéndole al señor Davis lo de la broma. Se avino a cambiar la suscripción a la revista. De manera que tendrás la de misterio como querías. –Sonrió–. ¡No tendrás que leer durante un año *Rock Juvenil* después de todo, Lisa!

El señor Davis asintió.

–Y puesto que la nota que te enseñé era auténtica, Jessica está de acuerdo en que lo justo es que ella cumpla el castigo que merece a finales de semana. –Sonrió–. Como habrás adivinado no he sufrido ningún dolor de muelas. Fue una excusa para dejaros libres a las dos.

–Y como tú corrías por el pasillo porque el señor Davis te había entretenido, Elisabet –dijo el señor Edwards–, he decidido levantar el castigo que te había impuesto. –Se volvió hacia Jessica–. Sobre todo después de que tu hermana ha prometido no volver a correr por los pasillos y se ha ofrecido voluntariamente para pasar una hora ayudando en el archivo a la señora Peters.

Elisabet miró a su gemela. ¿Jessica iba a hacer todo eso? ¡Qué sorpresa!

Jessica ladeó la cabeza con aire de suficiencia.

–Sé que a veces te parezco egoísta, Lisa. Pero no siempre es así. De veras. –Sonrió con picardía–. Yo sólo deseaba que este Día de las Bromas fuese sonado. Han sucedido algunas cosas que no había planeado. Y quizá se me fue un poco de las manos, sobre todo al final. –Miró la bolsa que le había dado Elisabet–. ¿Qué hay aquí?

–Es tu blusa –replicó Elisabet–. Mamá dijo que te la trajera porque querías cambiarte.

Ahora fue Lila Fowler la que se adelantó para coger la bolsa de manos de Jessica. Después de abrirla, miró en su interior.

–Pero aquí no hay ninguna blusa –le dijo a Jessica–. ¡Es tu echarpe de Unicornio color púrpura! –Y lo levantó para que todos lo vieran.

–Yo creo –dijo Lila en tono dramático– que debemos dejar que Elisabet lo lleve esta noche. –Dio un paso al frente y lo anudó alrededor del cuello de Elisabet–. Después de todo, hizo tan buen trabajo al lavar el coche de la señora Riteman esta tarde que hemos de darle algo para compensarla de tanto trabajo. Y también por encajarlo con tanta deportividad.

Elisabet acarició entre sus dedos el echarpe de Jessica.

–Yo declaro –prosiguió Lila con voz hueca– Unicornio Honoraria a Elisabet un día al año: ¡el Día de las Bromas!

Todas las Unicornio aplaudieron, pero varios chicos, que las consideraban unas niñas tontas, silbaron y las abuchearon.

Elisabet se reía. Ella nunca había querido pertenecer al Club de las Unicornio, y no era ningún secreto que las consideraba unas esnobs. Pero probablemente no le haría ningún daño ser una Unicornio un día al año... y menos el Día de las Bromas.

Se volvió a Jessica.

–¿Tú sabías que Lila y Ellen iban a hacerme lavar el coche de la señora Riteman? –preguntó–. ¿Eso también estaba preparado?

A Jessica le brillaban los ojos.

–Naturalmente –replicó–. ¡Y considero que fue una de las mejores partes del enredo!

¡Elisabet miraba a su hermana gemela sin saber si abrazarla o estrangularla! No había ni castigos ni malas notas en clase de cocina.

Pero se había sentido muy incómoda la mayor parte del día, sin saber como salirse de las cosas absurdas que continuamente le ocurrían.

Se aclaró la garganta.

–Ah, Jess –dijo–, esta tarde ha ocurrido una cosa que me he olvidado contarte.

–¿Qué es? –preguntó Jessica con interés–. ¿Te refieres a otra parte de la broma?

Todos guardaron silencio para escuchar lo que Elisabet iba a decir.

Elisabet meneó la cabeza.

–No exactamente –dijo–. La verdad es que esta tarde estaba enfadada contigo por todas las cosas que estaban ocurriendo, y decidí seguir la corriente a todos los que creían que yo era Jessica. De modo que cuando llamó Bruce Patman para invitarme a ir con él al próximo concierto de Johnny Buck...

–¿Llamó Bruce Patman? –exclamó Jessica excitada–. ¡Oh, Lisa, eso es fantástico! –Miró triunfante a Lila y Ellen que intercambiaron una mirada llena de envidia. Todas las Unicornio pensaban que Bruce Patman era el chico más mono de Séptimo Grado–. ¿Y qué le dijiste?

Elisabet se encogió de hombros mientras miraba su ramo de flores.

–Oh, poca cosa, en realidad –dijo–. Sólo que era un estúpido engreído y que no quería volver a dirigirle la palabra en la vida.

Jessica se quedó boquiabierta y horrorizada.

–¡Oh, Elisabet! –gimió–. ¡No! ¡Es horrible! ¿Cómo podré volver a mirar a Bruce?

Elisabet no fue capaz de permanecer seria por más tiempo.

–¡Día de las Bromas! –exclamó riendo.

Jessica la miraba con los ojos muy abiertos.

–Bruce *no llamó*... ¿ni tú le dijiste *nada*?

Elisabet rodeó con sus brazos a su gemela para abrazarla.

–No –admitió contenta–. Ni llamó, ni le dije nada. –Miró a su hermana con severidad–. ¡Pero después de todo lo que me has hecho pasar, quizá *lo haga*!

Jessica abrazó a su gemela. El círculo se deshizo y todos se acercaron a la mesa de los refrescos. Los señores Wakefield se fueron a la reunión.

–Corre a buscar tu primer trozo de pastel –exclamó Jessica.

Mientras Elisabet seguía a su hermana gemela se dijo convencida de que aquel había sido el mejor Día de las Bromas de toda su vida.

11

–Bueno, Elisabet –decía Amy mientras las dos niñas llevaban sus bandejas a una mesa en la cafetería–, ¿te alegras de que haya terminado el Día de las Bromas y de que puedas volver a ser tú misma?

Elisabet retiró una silla para sentarse.

–Y que lo digas –repuso–. Mi vida puede que no sea tan excitante como la de mi hermana, pero si vuelvo a querer ser Jessica... o si considero siquiera la posibilidad de volver a cambiarme por ella... por favor, ¡enciérrame en un armario y no me dejes salir en toda una semana! –Sonrió–. ¡Ni siquiera para comer!

Amy asintió. Estaba de acuerdo.

–Jessica es muy divertida, pero se mete en muchos líos.

Julia Porter se acercó con un bocadillo dentro de una bolsa de papel marrón.

–¿Hay sitio para una más, Elisabet?

–preguntó y, al inclinarse, la miró fijamente–. ¿Porque eres tú, verdad? –preguntó preocupada.

Elisabet se rió.

–Soy yo –replicó–. De veras. A propósito, ¿cuál era ese problema tan urgente del *Sexto Grado* del que me hablaste anoche, Julia? Te busqué durante la fiesta para preguntártelo, pero no pude encontrarte.

Julia parecía incómoda.

–Oh, no hay ningún problema.

–¿Quieres decir que fue parte de la broma de Jessica? –preguntó Elisabet.

–No, la verdad es que no –contestó Julia mientras tomaba asiento–. Quiero decir, que yo pensé que lo había cuando te vi anoche. Pero esta mañana hemos podido solucionarlo.

–Que bien, ¿y cuál era el problema?

Julia abrió un *brik* de leche, introdujo una pajita y tomó un sorbo.

–¿Recuerdas la lista de ocho casetas para la feria que nos dio el señor Bowman?

Elisabet asintió. El señor Bowman era su profesor de inglés, y ayudaba a los de sexto grado a organizar la feria que iba a celebrarse el sábado, en unos quince días, para recaudar fondos para excursiones.

–Nos dijo que podíamos imprimir la lista tal como nos la había dado.

–Cierto –convino Julia–. Excepto que *no era* la lista definitiva. En realidad son diez casetas. Se olvidó de dos... la rueda de la fortuna y la de los globos de agua. Y reimprimir la lista significaba cambiar toda la página. Pero lo hemos hecho esta mañana.

Jessica, Lila y Ellen se detuvieron junto a la mesa al oír lo que Julia estaba diciendo.

–¿Qué es eso de la rueda de la fortuna? –preguntó Jessica con curiosidad.

–Oh, ya sabes Jessica –le dijo Ellen–, alguien que adivina el porvenir, vestida de gitana, y que hace girar la rueda de la fortuna. Quizá le pregunte al señor Bowman si puedo solicitar esa caseta. Puede ser muy divertido.

Jessica echó su melena rubia sobre un hombro.

–Pero *tú no tienes* el pelo largo, Ellen –replicó–., ¿Cómo vas a ser una gitana si no tienes el cabello largo? –Pensó unos instantes–. Mamá tiene un traje de campesina de falda larga con el que una vez me disfracé por carnaval. Sé que podría resultar muy bien de gitana. Me pondría mucha bisutería... collares, pulseras y pendientes con aros. –Suspiró feliz–. Estaría fantástica, ¿no os parece?

–Pero *tú tienes* el pelo rubio, Jessica –le indicó Lila con altivez–. Las gitanas son morenas –dijo mientras acariciaba su larga melena castaña oscura–. De veras, creo que debería ser *yo* la adivinadora del porvenir. Estoy segura de que mi padre me compraría un vestido *nuevo* que iría perfecto para eso.

El padre de Lila era uno de los hombres más ricos de Sweet Valley y siempre le estaba comprando ropa nueva.

Elisabet se rió.

–Bueno, tendrás que esperar hasta el lunes para ver quién consigue esa caseta. El señor Bowman va a celebrar un sorteo para asegurarse de que todos los puestos se reparten con equidad.

Julia se rió.

–Sí. Hay que hacerlo así porque hay casetas que no las elegiría nadie; la de los globos de agua es un auténtico desastre. ¿Quién va a querer sentarse y esperar a que los niños le arrojen globos de agua durante todo un día? –Hizo una mueca–. ¡Algunos pueden tener buena puntería!

Jessica se estremeció.

–Vaya, es un puesto que no ocuparía jamás –murmuró. Se imaginaba cómo quedarían sus ropas y su pelo después de que le hubieran dado con un par de globos llenos de agua.

Lila consultó su reloj.

–Tengo que irme –dijo–. Hay una reunión del Club de las Unicornio dentro de unos minutos. –Y se fue acompañada de Jessica y Ellen.

Amy miró a Elisabet.

–¿Qué caseta te gustaría ocupar?

–Ninguna en realidad –dijo Elisabet, revolviendo su ensalada–. Voy a ayudar a Olivia a hacer los posters. Eso nos mantendrá ocupadas hasta que se celebre la feria. ¿Y tú? ¿Vas a entrar en el sorteo de las casetas?

Amy asintió con énfasis.

–No me lo perdería por nada del mundo –repuso–. Espero la feria con impaciencia. Será una de las mejores cosas que han hecho las de sexto grado en todo el curso.

Elisabet estaba de acuerdo. ¡La feria iba a ser todo un espectáculo!

¿Quién conseguirá la mejor caseta en la feria de Sexto Grado? Averígualo en el próximo número de las gemelas de Sweet Valley.

LAS GEMELAS DE SWEET VALLEY ESCUELA SUPERIOR

Os gustaría saber que las gemelas de Sweet Va-ley también han crecido, como vosotras, y, aunque siguen siendo tan diferentes, sus pro-blemas y peripecias son los propios de las alum-nas de BUP: tienen más independencia, salen con chicos, van a fiestas, a veces se enfrentan con sus padres, etc.

Podréis seguir sus andanzas en los siguientes li-bros:

1. Doble juego
2. Secretos del pasado
3. Jugando con fuego
4. Prueba de fuerza
5. Una larga noche
6. Peligrosa tentación
7. Querida hermana
8. El campeón asediado